老玩童漫游柬埔寨

吴哥的破晓

邓予立 著

中国社会出版社
国家一级出版社·全国百佳图书出版单位

图书在版编目（CIP）数据

老玩童漫游柬埔寨：吴哥的破晓／邓予立著．--北京：中国社会出版社，2021.7

ISBN 978-7-5087-6518-1

Ⅰ.①老…　Ⅱ.①邓…　Ⅲ.①游记-作品集-中国-当代　Ⅳ.①I267.4

中国版本图书馆 CIP 数据核字（2021）第 057505 号

书　　名： 老玩童漫游柬埔寨：吴哥的破晓
著　　者： 邓予立

出 版 人： 浦善新
终 审 人： 尤永弘
策划编辑： 刘海飞
责任编辑： 魏光洁

出版发行： 中国社会出版社　　**邮政编码：** 100032
通联方式： 北京市西城区二龙路甲 33 号
电　　话： 编辑部：（010） 58124868
销售部：（010） 58124868
网　　址： www.shcbs.com.cn
shcbs.mca.gov.cn
经　　销： 全国各地新华书店

中国社会出版社天猫旗舰店

印刷装订： 河北鑫兆源印刷有限公司
开　　本： 145mm×210mm　1/32
印　　张： 5
字　　数： 130 千字
版　　次： 2021 年 7 月第 1 版
印　　次： 2021 年 7 月第 1 次印刷
定　　价： 78.00 元

中国社会出版社微信公众号

推荐序 1

“大旅游”的情怀

一花一世界，一叶一菩提。通过邓予立先生旅游日志里分享的每一个字、每一句话、每一张照片、每一个景致，让我们领略到的，不仅仅是世界角落几乎被人遗忘的壮丽山川，更多的是人类文明的足迹，以及邓先生独有的个人涵养修为，可谓“大千世界，天上人间”。

“旅人”的本质，是对陌生世界的探索，既是自我的挑战，也是文明的进阶。曾有人推测，人类的演化，源于第一只原本从树枝间摆荡跳跃却勇于探索陆地，因而一跃而下，开启了迈向直立行走的猿类。或许达尔文的进化论有太多的不可知，但是西汉时期，张骞出使西域开通丝绸之路，13 世纪意大利威尼斯商人马可·波罗的中国见闻，15 世纪郑和 7 次下西洋，15 世纪哥伦布发现美洲新大陆，乃至 20 世纪初“南极探险的英雄年代”，都在人类文化历史上，掀起惊天动地的创新与改变。回顾中国历史上的轨迹，令后人传颂赞叹千年的司马迁的《史记》，李白的《将进酒》，苏轼的《赤壁赋》，不也都是“旅人”在探索不同自然景观、人文情怀、民间习俗，甚至各地典故、传说和逸闻趣事所留下的美丽篇章吗？

《老玩童漫游柬埔寨：吴哥的破晓》是邓先生与朋友分享

他探索柬埔寨的旅游见闻。位于中南半岛的柬埔寨，是有两千多年历史的文明古国。最为人所知的，就是名列世界文化遗产的吴哥遗迹的古庙群，范围之大，数量之多，建筑之雄伟，浮雕之精致，故事之动人，反映出13世纪吴哥王朝的繁荣昌盛。邓先生先来一趟空中飞行俯瞰古城，再一一造访古庙遗迹，将该地的历史古迹走过一遍。所以乘着邓先生文字的翅膀，读者将看到不同于一般旅行者的视野、观察、感受，真正揭开这个神秘国度的面纱。

本书是邓先生第13本关于他个人旅游的珍贵记录。粗略统计，邓先生的足迹已遍布全球148个国家和地区，其中包括可能大部分人甚至从未听闻的地方，例如，阿鲁巴（Aruba）、博奈尔（Bonaire）、库拉索（Curaçao）。事实上，我们已经不能用旅行来形容邓先生对自然与人文的观察体验，而应该追溯回文艺复兴时期“大旅游”的情怀——跋山涉水深入世界各个角落，寻求濒临遗忘的文明、文化、艺术、风俗，超越了传统“旅人”对于个人心灵渴望和扩展感官以及累积知识的需求，更进一步从知识、社会、道德、政治各个面向，阐述如何做一个聪明完美的旅行者。因为，知识来自环境的刺激，而借由旅游所接触到的环境刺激，正是积累沉淀知识的最佳途径。与其说，邓先生是在与朋友们分享个人的旅游见闻，更确切地说，这是知识的传播与传承。被世人尊为“诗圣”的唐朝大家杜甫的旷世巨著《壮游》，自叙趣游赵齐，洛阳失第，长安十年，再经安史之乱，到自我放逐的巴蜀之境，也可视为古人浓缩的人生旅游日志。

董其昌云：“读万卷书，行万里路，胸中脱去尘浊，自然丘壑内营，立成鄄鄂。”邓予立先生这位老玩童，和大家分享的柬埔寨自然景观与古文明，书，何止万卷？路，何止万里？这份浑然天成的洒脱与自得，才是邓先生带给朋友们最好的礼物。

宝成国际集团副总经理　羊晓东

推荐序 2

遍历山河人间值得

我没有去过柬埔寨，但久闻吴哥窟的大名，却还未曾有要立刻飞过去游览的冲动。邓予立先生的这部新作，让人领略到一个神秘壮丽甚至有些悲情的柬埔寨。邓先生的相机快门在手中不停，为我们带来了一场视觉上的饕餮盛宴。一如既往精美的构图，一如既往隽永的文字，一如既往打动观者的眼睛和心灵，并且再次领受到他对美的一往情深……是的，就从翻开邓先生的这本博文集开始吧！

从柬埔寨暹粒省的暹粒市入境，掠过大、小吴哥遗迹群，乃至库伦山的瀑布和洞里萨湖的水上浮村……这片土地上的丛林、瀑布、古寺庙、市镇和农田等，毫无保留地展现在大家面前。来吧，随着邓先生在吴哥窟里被惊艳到，在两潭莲花池边看日出，领略藏身在巴戎寺的吴哥的微笑，柬埔寨的舞蹈又怎么能错过？接着，在比粒寺观日落，穿过未完成的庙宇塔高寺，探寻塔布隆寺“树妖”的秘密，还有庭院深深的塔萨寺与东湄本寺，皇家浴池和女王宫，以及最具神秘气息的崩密列，迷宫般的圣剑寺和龙蟠寺，让人无奈与心酸的洞里萨湖的水上人家……除了那美轮美奂的古迹之外，更让人从中了解到柬埔寨的文化、宗教、历史和发展脉络。吴哥千年的微笑、辉煌灿烂的柬埔寨文明史、比粒寺的日落、塔布隆寺里的“树妖”及洞里萨湖的水上人家都在我心里烙下深刻的印象。掩卷而思，头脑中尽是让人惊叹的美景，让人感叹的文化以及让人哀叹的历史。

邓先生的新作果然又一次打动了我，只是遗憾没有陪同前往。仍记得 2018 年，我受邀参加了邓先生组织的印度深度游，一行二十几人都是他的朋友，这些有深度、高度和宽度的朋友们，让我看到了许多别样人生和风景，佛说“心生欢喜”，大概就是我当时的体会了。这趟旅行也让我对邓先生更加崇拜，世间竟有这样一位妙人。他事业的成功自不必多讲了，让我神往和敬佩的是他对生活的态度。我知道，邓先生常常游历各国，用手中的相机和笔记录下每个感动的瞬间，并将这些美展示和分享出来。他还在世界各地举办摄影展，我曾参加他在北京的摄影展，虽是偶然前往却感动于他的悉心照顾。多快活的人生啊！我不懂庄子的逍遥是什么样子的，如果让我想象，大概也不过先生这样吧！用纯净的镜头静静地捕捉美好，随处的一朵花、一只蝶、一缕光、一座山、一片海、一面佛、一个人……世间的一隅就这样心无旁骛地焕发出自己的美。想来，我也辗转商界作战 30 多年了，见惯了风雨，也见到过彩虹，却从未见过这样有力量的宁静。人，可以活得这样逍遥和深情！而我，也要努力赶上先生的步伐，希望可以生活得如此通透、纯粹！

所有人都祝你快乐，我只愿你遍历山河，觉得人间值得！期待与这样一位妙人，约上十几好友，寻一个妙处，再来一场妙游！

香港雄业国际实业有限公司董事长　温小燕

推荐序 3

吴哥窟的沉思

一个阳光灿烂风和日丽的日子，我又来到吴哥窟，与上一次轻烟袅袅，零雨其蒙，大异其趣。

通常，旅行者来到柬埔寨必游之地便是吴哥窟，人们视其为当地的特殊民族（高棉）印记。难怪有人说，不游吴哥窟，不算到过柬埔寨。

柬埔寨是东协国家中一个较为神秘封闭、开发迟缓的国家。如不是世纪之交在此举行了一场台商大会，我可能不会主动规划游访。然而，这次经历令人难忘，回味无穷。

我们入住的是一家香港集团投资号称“金边第一”的大酒店，我站在大门前，望着一辆又一辆以当时眼光看仍嫌老旧的车辆驶过，难免陷入沉思。“这条大马路是中国大陆捐赠的。”酒店的经理蓦然地出现在我的身旁解释道，“原先有个中国台湾人有意投资，被大陆抢先拔了个头筹。”

柬埔寨逐渐成了商家必争之地，尤其是精打细算、争分夺秒的台湾地区中小企业，于是一家家的台湾工厂进驻。不仅如此，金边街上也随处可见台湾人开的店铺，仔细一看，居然也充斥不少台湾地区的民间宗教团体。

有一特殊事件值得一记，以作为历史存证。台商在当时治安不甚理想的金边，难免有持械自我保护的情形。“江南案”关系人陈启礼由我国台湾、大陆，辗转到柬埔寨后，变成了当地知名人士。一日，他诚意邀请来自亚洲各地的台商朋友到其乡村别墅一叙，并借机展示其拥有的“优势收藏”。后因消息走漏，遭到起诉。

高尔夫球场友谊赛经验也令人莞尔。球场设计称得上国际标准，但在行进途中，却不断有后面球洞的朋友违反国际礼仪将球打入我们的球道。球友低声说：“那是总理。”

到访柬埔寨总是从金边开始，但厌倦了金边市区的尘嚣杂沓、烟雾张天、战争废墟、屠杀伤痕，自然而然会转而寻求一个短暂的宁静。

那么，还有什么比吴哥更好的选择呢？

吴哥的永恒传奇，是由宁静和神秘编织成的巨网。

柬埔寨古时有真腊国及扶南国两雄相争。在8世纪中，扶南国为真腊国所灭，王子逃到爪哇建立了夏连特拉王国（Wangsa Syailendra）。8世纪末，夏国反攻征服真腊，俘虏王子阇耶跋摩二世（Jayavarman Ⅱ）并囚之于爪哇，这是标准的“王子复仇记”扶南版。

阇耶跋摩二世被释放回国后，暂臣服于夏国。9世纪初，即802年，发兵进军爪哇，击败夏国，自称转轮王，建立了高棉帝国，这是更精彩的“王子复仇记”真腊版。

高棉帝国在12世纪国势达到鼎盛。吴哥窟也在这个时期建造完成，历时30余年。

14世纪，高棉帝国日趋衰落，而西方的素可泰王国（Sukhothai）和大城王国（Ayutthaya）却逐渐兴起。尤其是大城王国在1352年更攻破了吴哥城。高棉国势日弱，统治者见吴哥城难以防御，遂于 1431 年迁都金边。

从此，吴哥窟即逐渐湮没在荒烟蔓草之中，直到 1861 年法国生物学家亨利・穆奥（Henri Mouhot）为寻找热带植物而无意间发现埋藏了数百年之久的吴哥窟。它像一位默默修行的僧侣，静静地等待与人世间的重逢。

1862 年，穆奥发表了《暹罗柬埔寨老挝诸王国旅行记》，其对吴哥窟的精彩叙述，激发了西方人浓烈的兴趣。从此探访者不绝于途，吴哥窟慢慢掀开了它神秘的面纱，成为柬埔寨的代表符号，以及其国旗的最重要组成部分。

邓予立先生素有“外汇教父”之美称，是一位集金融家、旅行家、作家于一身的奇人。透过他的慧眼、巧手和镜头，柬埔寨的动人风光一幅接一幅地展现在我眼前，勾起了我许多甜蜜的回忆。尤其是多张吴哥窟的杰作，更是令人神往。

太阳逐渐西斜，映得彩霞满天。我突然惊觉从某一角度而言，吴哥窟毋宁是比较幸运的。

回顾近几世纪来，考古学上不乏伟大发现。譬如亚伯拉罕曾居住的两河流域古城吾珥（Ur）以及叙利亚海边古城乌加里特（Ugarit）的重见天日，都经过了大约 4 个千禧年。2004 年，我借雅典奥运之便访问了位于土耳其的特洛伊考古遗址（Archaeological Site of Troy），才发现它只不过位于 9 个地质层的第六层而已。当然都只剩下碎石破瓦，断垣残壁。

倒是吴哥窟长久以来被浓密的森林“悉心呵护”，仅几百年后，华丽再现，以圣者之容，王者之姿俯视大地。笑看人间云卷云舒，花开花落。或者，等待如邓予立先生之千古知音。

亚太台商联合总会总会长　潘汉唐

推荐序 4

企业文化与游历

承蒙获邀为邓予立主席的新博文柬埔寨篇作序，荣幸万分。度过了亨达大家庭的第 16 个寒暑，深切体会到邓主席所创造引领的一种管理文化，一种企业思维。执笔时涌进心头希望道出的，就是邓主席的游历、眼界和所创立企业文化中的玄妙关系。

众所周知，邓予立主席才华出众，多面多变，既是企业家，又是金融家；身为旅行家，亦是摄影家，其他如作家及慈善家等方面，不在此细数。邓主席周游列国，走遍万里路，护照里收集了近 150 个国家出入境的盖章。“涉猎广博，见多识广”不用多说，“以史为鉴，洞悉先机”才是亨达家庭中感受最深的。

身为一个成功的企业家，邓主席更有着一套走在最前端的营商及管理哲学。不单是大胆求变，发掘蓝海，放眼世界，更是一种破格思维。此破格思维，于保守者而言，会视之为天马行空；于积极者而言，会视之为隐藏契机。大胆创新的同时，细心求证的做法，可谓刚柔并济。如此基础的前提下，亦形成了亨达的“人为本，不自满，敢创新，常求变”的一种精神。

欣赏邓主席的游记，同时可看到摄影家视觉的照片，作家的文学写作，更可领会一种风骨，一种对事的坚持。更难得的是，读者可从字里行间中细细体味邓主席赋予企业的亨达思维。

邓主席探访高棉文化之地，先从空中开始，鸟瞰一个立体的高棉遗迹，及后穿梭大小圈内不同的吴哥建筑，包括“古代东方四大奇迹”的吴哥窟及吴哥大王城等，最后更到访深度游才能欣赏到的外圈景点胜地，行程可谓非常完整。连日探访的庙宇不少，各具特色，有比较完整的，有日久失修的，有未完成兴建的，有破败的颓垣，亦有与大自然相互结合的，有待读者在游记中逐一发现。此外，在欣赏内容的同时，仔细留意，邓主席在若干标志性的景点都有透露一些摄影上的安排和技巧，请勿错过。

纵然此游记都是以参观古建筑为主，但时而描绘建筑细节，时而道出神话故事，再添上高棉及现今地区历史的描述手法，读者不但没有重复之感，而且更能全方位地心领神会一度称霸地区的高棉帝国的雄伟。

行程后篇，邓主席到金边这个首都城市探访了金、银殿和“教室”，叙述了一段近代柬埔寨历史上的悲歌，并以白马市的一段轻松小故事作结尾。

邓主席足迹满天下，读者们皆热切期待一部精华之作，集全球之奇、人文、历史、经济各个方面于一体，以至于在旅人、管理人和新经济营运者之间阅读皆有裨益。最后，2020年乃是亨达集团创立 30 周年的一个重要里程碑，特此献上最诚挚的祝福并祝愿集团未来的发展越来越美好！

亨达集团首席执行官　刘凯杰

推荐序 5

领略万千世界风采

认识邓予立先生是在 2013 年年底我们一起去南极的旅程中。交往多年来，邓先生作为资深老玩童，他宽广的胸怀，有趣的灵魂，与时俱进的商业智慧，如年轻人一般对生活充满好奇心和进取心的模样，一直令我钦佩有加。在经营着非常成功的跨国金融企业的同时，却仍保持谦虚、和善、平易近人的邓先生也一直是我辈学习的楷模。

邓先生多年来在世界各地游历，并将所见所闻书写成文，汇集成册。在海峡两岸暨我国香港、澳门和中东、欧洲等地出版了一系列旅游书籍和摄影画册。他通过自身渊博的知识、流畅的文笔为我们描绘了一幅又一幅美丽的画卷，从历史文化到风土人情，从美食特产到古今建筑，让我常常觉得，只需拜读邓先生的大作，不用长途跋涉就可以行万里路，领略万千世界的风采。

邓先生的游记和普通的旅游攻略有所不同。他通常由当地历史文化背景入手，将当地上千年的历史浓缩在最精练的语言中，再由亲身经历引出当地风景名胜和风土人情。文章里不仅包含了常见的旅游景点，更有邓先生自己认为有趣但鲜为人知的人物、历史，甚至是酒店、当地向导等。信息量虽大，但讲述方式生动有趣，让读者读之酣畅淋漓、欲罢不能。从第一册《收藏是一种幸福》的出版到本次的《老玩童漫游柬埔寨：吴哥的破晓》，通过十几本书的积累，邓先生的文笔日渐老练，摄影作品风格也更加成熟，他从不甘于平凡，不向年龄妥协，不拘泥于世俗，真正做到了洒脱、豁达。

本人第一次去柬埔寨大概是十年前，当时被吴哥窟晨光的壮美、金边王宫的辉煌、洞里萨湖安静的氛围感染。那里有辉煌的历史、纯朴的百姓，又有血腥的黑暗时期和百废待兴即将腾飞的经济环境。此次拜读邓先生的新作《老玩童漫游柬埔寨：吴哥的破晓》瞬间把我的思绪又拉回十年前那些美好的夜晚。邓先生的笔触随着历史进程推移，先是将我们拉回一千年前的吴哥王朝，浓墨重彩地描写了吴哥窟景区里的各个标志性建筑，从吴哥日出到高棉的微笑，让我们领略了“古代东方四大奇迹”的风采。随后，邓先生又带我们游览附近的洞里萨湖，拜访了安静质朴的水上人家。接着，我们又在首都金边领略了几百年前柬埔寨王宫的辉煌和殖民时期文化建筑的时代韵味。整个作品通过图片及文字的双重表现形式让我们真切、直观地感受了柬埔寨的方方面面。仅一个下午的时间，我便一气呵成读完，充满愉悦感。

接到邓先生新作序的撰写邀请，我深感荣幸，也非常感谢邓先生撰写此书，给我们又带来一次精彩的文化之旅，让我们在这饱受疫情压抑的时期能够暂时跳脱地理的局限，领略异国风光。

瑞德传媒有限公司董事总经理　陆茵

2020 年 10 月 15 日

目　录
CONTENTS

柬埔寨/Cambodia

柬埔寨的正式全称为柬埔寨王国（The Kingdom of Cambodia），地理位置在中南半岛，首都金边，与老挝、泰国、越南三国接壤，全国总面积181035平方千米，人口1600万（2019年数据），主要民族为高棉人，官方语言是高棉语。它是议会制君主立宪制国家，以上座部佛教为国教。

从翻开一本摄影集开始

曾经，我在我国台北的诚品书店翻阅过一本摄影集，那是美国艺术家约翰·麦克德莫特（John McDermott）的个人摄影作品集《挽歌：吴哥随想》（*Elegy: Reflections on Angkor*），影集中100多幅的黑白照，每幅都有一段震人心弦的故事，记录了吴哥古迹的沧桑史，令我不忍释手。这本摄影集甚至引起我寻幽访胜的兴趣，成为我展开柬埔寨之旅的契机。

这个比我国台湾大5倍的国家，究竟是个怎样的地方呢？

柬埔寨的全名是柬埔寨王国，地理位置在中南半岛，与老挝、泰国、越南三国接壤，全国总面积181035平方千米，人口1600万（2019年数据），主要民族为高棉人，官方语言则是高棉语。它是议会制君主立宪制国家，以上座部佛教为国教。

早在1世纪，柬埔寨就已经建国，是一个历史悠久的文明古国。经历了扶南、真腊和吴哥等时期，尤其是吴哥王朝，又称为高棉帝国，在12世纪时达到巅峰，国势鼎盛，版图甚至跨越今日泰国、老挝和越南三国的部分领土，创造了举世闻名的吴哥文明。

然而，柬埔寨的光明荣景却在高棉帝国结束后的15—19世纪不断消退，内乱外患不断，19世纪更成为法国的殖民地，并于第二次世界大战时遭日本占领。脱离法国独立后，柬埔寨并没有因此往好的方向发展，反而陷入了持续的内战内乱，使得家不像家、国不像国，人民颠沛流离，饱受战火摧残。这段历史延续达20年之久，直到1993年，才逐渐停止内乱。

一直以来，中柬两国是忠实的盟友。我印象最深刻的是，1970年，毛泽东主席为支持柬埔寨国家元首诺罗敦·西哈努克亲王（Norodom Sihanouk）向世界发出了铿锵有力的宣言《520声明》，支持当时的印支半岛三国人民与美国为首的外国势力作斗争："无数事实证明，得道多助，失道寡助。弱国能打败强国，小国能打败大国……这是一条历史规律。"

柬埔寨政府经过近30年的努力经营，如今政局稳定，社会逐渐安定，并加入东盟十国组织，对外亦逐步开放，包括开放外资使资金自由进出，兼且发展经济贸易特区，成为外国人眼中的投资理想地，包括中国大陆与香港特别行政区、我国台湾地区商人都不甘落后，纷纷在此设厂。近年来，先有我国台湾地区的"南向政策"，后有中国大陆的"一带一路"倡议，柬埔寨都不曾缺席，商机无限。不过，在目前的东协成员国中，柬埔寨的经济仍处于落后的局面，还需奋力追赶。

经济发展的同时，柬埔寨的旅游业也迎来发展机遇，

从空中鸟瞰吴哥窟

如今已成为国家重要经济收入来源之一。2019 年 2 月，我乘“一带一路”东风的势头，首次踏上这片历尽沧桑，如今正积极破茧重生的国度。

第一个目的地，就是被列入世界文化遗产的吴哥古迹（Angkor）。包括电影《古墓丽影》《花样年华》和《龙兄虎弟》，以及电视剧《一场奋不顾身的爱情》等，都在吴哥实地取景拍摄。越来越多的人发现吴哥的魅力，已成为中外旅客心驰神往的旅游胜地。

我是从柬埔寨暹粒省的首府暹粒市（Siem Reap）入境，暹粒国际机场离市中心 7 千米，距离举世闻名的吴哥古迹不过 5 千米，往返十分方便。从机场前往市区的途中，我沿路观察窗外的景致，市区并不怎么繁荣热闹，据说这是个人口约 20 万的小城市，整体面积并不大，仅 10 多万平方千米。我特别注意到大部分的店铺，包括餐馆和银行等，招牌除了柬埔寨文字外，都附上中文，使我有仿佛回到中国偏远城镇的感觉。最大的区别就是道路标志和店铺招牌多加了一列犹如符号般的柬埔寨文字。不过很快我就将这些景色抛诸脑后，内心为了即将展开的“吴哥寻秘”之旅而期待不已。

由于我已有先前在缅甸蒲甘和茵莱湖搭乘热气球的旅游经验，非常了解升上天际俯瞰下方景致的观感，与平面式的旅游迥然不同，因而在安排行程时，特别要求先搭乘直升机，来一趟立体式的空游吴哥。

酒店经理根据我的要求，为我特别安排一小时的个人

暹粒市区中许多店铺招牌都包含中文

直升机空中游

飞行行程。直升机包括机师共可搭载4人，这样一来，机上还有空位，我便邀请导游做伴，一同升空观景。对他们来说，平时根本没有机会搭乘直升机，此乃他们的处女行，因而感到无比兴奋，在飞行过程中不断地向我介绍当地的风土人情。

午后天高云淡，直升机腾空后，宛如仙鹤般恣意飞越在热带丛林上方，掠过大、小吴哥遗迹群，乃至库伦山的瀑布（Kulen Mountain Waterfall）和洞里萨湖（Tonlé Sap Lake）的水上浮村等。飞行员逐一在这些著名的吴哥古迹上空徘徊，我的相机快门也按个不停。我尽情享受遨游的

库伦山的瀑布

女王宫俯拍

洞里萨湖的水上浮村

位于吴哥遗址群东边的比粒寺

独特魅力，打从内心发出阵阵惊叹。这片土地上的丛林、瀑布、古寺庙、市镇和农田等，毫无保留地展现在我的面前，真是一场视觉上的饕餮盛宴。

惊艳的吴哥窟

在接下来的 12 天旅程中，我大部分时间都集中在吴哥考古公园（Angkor Archaeological Park）内，尽可能地参观此处的诸多遗迹，以更详细地了解这个柬埔寨最负盛名的王朝。

吴哥遗迹之所以广为世人所知，也是来自一本书。这是一本关于暹罗（今泰国）、柬埔寨、老挝和安南（今越南）的游记，作者是法国生物学家亨利·穆奥（Henri Mouhot）。1860 年，穆奥为了寻找热带动物，旅游到柬埔寨的丛林，无意间发现一座宏伟的古庙遗迹，这些过程都写入了他的旅途记录中。然而来年不久，他就在旅途中病故。他所记录下的旅行见闻由弟弟查尔斯·穆奥（Charles Mouhot）整理成册，1862 年，一本图文并茂的法文游记《暹罗柬埔寨老挝诸王国旅行记》在巴黎出版。穆奥其实并非第一个发现吴哥遗迹的人，但他引人入胜的精彩图文和对于吴哥窟的详尽描述，引起了西方世界对吴哥窟的关注，从而揭开了吴哥遗迹的神秘面纱。

在游记中，他极力推崇吴哥的古庙群："此地庙宇之宏伟，远胜古希腊、罗马遗留给我们的一切，走出森森吴哥庙宇，重返人间，刹那间犹如从灿烂的文明堕入荒蛮。"

1866 年，法国摄影师艾米尔·基瑟尔（Emile Gsell）受托远赴吴哥拍摄一系列照片，这些写实的照片可以说是现存最早的吴哥窟影像，它们的发表让世人目睹了古城的规模宏大、建筑壮伟，令人赞叹，不但轰动了法国，也轰动了世界。

事实上，早在13世纪，元朝就曾派遣大臣周达观出使真腊（今天的柬埔寨），吴哥当时即为真腊的国都。周达观到了真腊后，在此逗留长达一年多的时间，回国之后写下一本8000多字的《真腊风土记》。书中翔实记载吴哥王朝的城郭宫室，以及与中国大相径庭的风俗信仰文化等，不仅说明中国对吴哥的认识比法国人早了600多年，更使这本著作成为现存唯一有关当时吴哥的文献，对于研究吴哥文明至关重要。

在高棉语中，吴哥是“城市”之意，在9世纪至13世纪期间，是柬埔寨历史上最辉煌的吴哥王朝都城，王朝一度是雄霸整个中南半岛的强盛帝国，更是一个富裕且文明昌盛的国家，这座古都见证了王朝曾经的辉煌灿烂。遗憾的是，经过数百年的更迭，相关的历史文献几近全数失落，只能凭着寺庙石碑上的铭文，以及流传自中国史书的零碎数据，例如，最具代表性的《真腊风土记》窥见其一二。

近百年来，考古的不断发现，使得消逝的吴哥王朝神秘文明逐渐浮出水面，不过至今仍然满是谜团，有赖学者专家们继续研究考证。

1992年，联合国教科文组织将吴哥古迹列入世界文化遗产名录中，吴哥遗迹愈加受到世界关注，各国纷纷投入大量资金在考古及维护工程上，冀望能保存如此珍贵的世界文明。导游介绍，世界上众多的文化遗迹中，能够获得这么多国家的重视，并资助考古和修复，除了吴哥之外，大概很难找到与之相同的地方了。

整个吴哥遗迹基本上是一个寺庙群，占地面积相当广大。导游表示，若要来一次深度游，至少要花费四五天时间。遗迹可以划分为小圈、大圈和外圈三个区块，旅客一般都集中在小圈和大圈，小圈包括吴哥窟（Angkor Wat）和大吴哥城（Angkor Thom）内外的几个旅游精华，例如，巴戎寺（Bayon）、巴普昂寺（Baphuon）、空中宫殿（Phimeanakas）、象台（Elephant Terrace）、十二生肖塔（Prasat Suor Prat）、塔高寺（Ta Keo）和塔布隆寺（Ta Prohm）。大圈的景点包含距离大吴哥城不远的几座寺庙和巴肯山（Phnom Bakheng）。至于外圈的几个古遗迹因为离暹粒较远，若要前往，就得另作安排。

话说回来，吴哥遗迹究竟为何会遍布如此多的寺庙呢？

首先要从吴哥王朝的宗教讲起。柬埔寨在扶南王国时期，传入来自印度的婆罗门教和大乘佛教，虽然从扶南、真腊乃至吴哥王朝的前期和中期都以印度教为国教，但佛教也一直影响着这个国家，其间也一度出现信仰佛教的国王。直到 13 世纪，因陀罗跋摩三世（Indravarman Ⅲ，周达观担任使节访问吴哥王朝时的统治者）在位时，将国教改为上座部佛教，从此以后上座部佛教便成为柬埔寨最具影

柬埔寨街头巷尾经常可看到身穿袈裟的僧侣

响力的宗教。

因为不同时期宗教的影响，吴哥的寺庙有个特色，那就是融合。尽管婆罗门教的影响力和地位逐渐被上座部佛教取而代之，却发展成一种独特的“高棉式”宗教。如今我们在吴哥遗迹见到的寺庙，依然带有浓重的印度色彩，供奉的多是来自印度的神祇，例如，湿婆神、毗湿奴、守护神娜迦、金翅鸟等。但是在建筑方面，却又与印度的寺庙建筑完全两样，类似的建筑很难在印度找到，是继承和融合了扶南和真腊的建筑形式。

吴哥窟当地的僧侣为游客进行祈福仪式

不过吴哥的寺庙并不是一般让人民烧香拜佛的庙宇，而是属于神明的居所，一般采用坚固的石材建造，规模异常庞大。无论是印度教还是佛教，皆认为世界的中心是须弥山，山周围环绕着海洋。寺庙既然是神的居所，理所当然便应该有“山”的形态，因此吴哥遗迹群中，金字塔式的“庙山”寺庙就占了多数，我所参观的寺庙也以此形式为大宗，很容易辨认出来。

吴哥王朝从创始者阇耶跋摩二世（Jayavarman Ⅱ）开始，树立了神王信仰，神明附身于国王，国王就是供奉在寺庙中神明的化身。通常，吴哥国王登基时会建造国庙，代表王权的合法性，同时也会建造供奉和纪念祖先的祖祠，使得寺庙的数量越来越多。然而，上座部佛教排斥神王信仰，自 13 世纪开始，国王不再被视为神明的化身，威望与权力江河日下，这或许成为吴哥王朝衰落的因素之一。

在吴哥遗迹群中，最为闻名遐迩、举足轻重的，非吴哥窟莫属。

吴哥窟又称吴哥寺或小吴哥，与中国万里长城、印度尼西亚婆罗浮屠和印度的泰姬陵合称为“古代东方四大奇迹”。其建于12世纪间，历时35年才完工，是世界上最大的寺庙，占地面积近200公顷，由当时的国王苏耶跋摩二世（Suryavarman Ⅱ）兴建。在这个时期，吴哥王朝的疆域最广，正是帝国最为鼎盛的时候，吴哥窟呈现了丰富灿烂的吴哥文明，是王朝登峰造极之作。

吴哥窟是当时的国庙，也是国王升天之后的太庙，供奉印度神祇毗湿奴。前面提过，神王信仰中，国王是寺庙中神明的化身，苏耶跋摩二世便以毗湿奴化身自居，是彻头彻尾的毗湿奴信徒，寺庙内处处刻画与毗湿奴有关的神话故事。

我首先来到吴哥窟前观日出。由于此处早已名闻四海，是非去不可的旅游胜地，观日出也是非常热门的节目。为了占据观日出的有利位置，天色未明时，我就摸黑起床，梳洗一番后，随即跟着导游手电筒微弱的光线，伴着夜空的星光，迈开了小吴哥访游的第一步。

进入景区后，我们小心翼翼地跟着人群前进。早先搭乘直升机，从空中俯瞰，可以发现呈四边形的吴哥窟四周以护城河包围，往内是城墙，护城河外则是一片热带森林。在吴哥被世人遗忘的数百年间，城墙与护城河作为一道坚

护城河上的浮桥

实可靠的屏障，阻挡了丛林对于古迹的进犯侵蚀，使之保存得较为完整。近 200 米宽的护城河上，有东西两条长堤与吴哥窟的东、西门相通，一般是从西堤前往西门进入吴哥窟，不过目前西堤正在维修，护城河上架起一座浮动木桥，过了浮桥，便到达小吴哥的外墙。

穿过西门，有一条架高的石砌大道通往主建筑的寺庙，300多米长。大道两侧隐隐约约各见到一座建筑物，据导游介绍那是藏经阁。

在熹微的晨光下，我们来到主建筑前的两潭莲花池。导游强调此处乃是观看和拍摄日出的最佳地点，想当然耳，

池畔早就挤满人群，只见黑影重重，这些都是比我捷足先登的旅客。他们与我怀着相同的心情，期待最为美丽的一刹那来临。我也占据好有利位置，静候日出东隅。

守候大约半个小时，旭日开始从吴哥窟的后方缓缓爬升上来，天空也渐次变亮且转红。脱离了昏暗的天色后，

吴哥窟的日出

吴哥窟“山”字形的主体建筑倒映在莲花池上

从主建筑回望莲花池旁拍照的人群

建筑的轮廓也逐步显现出来，越加清晰。我惊喜地发现，这正是我在柬埔寨国旗上看到的图腾！“山”字形的主体建筑倒映在莲花池上，上下两个世界宛若一个整体。此时此刻，我和现场来自世界各地的旅客格外感受到人类建筑与大自然的绝妙融合，每个人都把握这段美妙时光，恨不得用相机从各种角度留下这幅美丽的画卷。

导游随后向我补充吴哥窟的特别之处，他说吴哥时期的印度教寺庙大门都是朝向东方，唯独吴哥窟乃坐东朝西，个中原因始终成谜，但有学者因此推论，吴哥窟并不是寺庙，而是国王的陵墓。正因为方位的巧妙设计，才让日出小吴哥的景致无与伦比。据说在每年的春分与秋分这两天，太阳会正好从吴哥窟最高塔顶后方冉冉升起，成为摄影爱好者梦寐以求的绝妙奇景。

高达 65 米的宝塔神殿

宝塔神殿前的楼梯相当陡峭

旭日东升后，我待人群散去后才进入小吴哥的主体建筑。未跟随旅行团的好处是时间上毫无限制，可以有足够的时间细细观赏品味。

吴哥窟是集大成的庙山建筑，主建筑从外而内依次有大、中、小三层长方形的平台与回廊，层层相套，浑然一体。最内层的回廊中央是高达 65 米的宝塔神殿，其余 4 座较小的塔则安置于 4 个角落，5 座宝塔呈五点梅花式排列。宝塔象征宇宙中心须弥山的山峰，回廊则代表山脉。

我从第一层台基的回廊开始参观欣赏，细看之下发现回廊内壁，包括廊柱、石壁、基石、门楣以及栏杆都刻有精美的浮雕。此处的浮雕回廊被认为是最为精彩的，东西南北四面墙上共有 8 幅浮雕，高 2 米，全长近 800 米，浮雕的主题取材来自印度的两大史诗《摩诃婆罗多》和《罗摩衍那》，有些则是关于吴哥王朝的历史。

东墙的“乳海翻腾”，讲述了一个有趣的神话故事：印度神话中的神祇也会困扰于生老病死，而据说须弥山周围的乳海中藏有能够长生不老的甘露。称作提婆的善神们和

宝塔神殿前巧遇一位南亚游客穿着传统服装拍照

层层回廊和平台之外是一片丛林

恶神阿修罗们约好一同搅拌乳海来获取甘露。毗湿奴化身成巨龟在海底作为支点，以曼陀罗山为杵，把巨蛇当作搅绳，92 个阿修罗抓着蛇头，88 个提婆持着蛇尾，以拔河的方式拉动巨蛇，合力搅拌乳海。当甘露出现时，阿修罗打算独占甘露，毗湿奴将乳海溅起的浪花化成无数的飞天仙女阿帕莎拉（Apsara），曼妙的舞姿和身段让阿修罗们看得忘神，提婆们趁机抢回甘露饮用，从而获得长生不老。

南墙，有一边描绘了天堂与地狱的场景，另一边则记载关于吴哥窟建造者苏耶跋摩二世的军队与占婆（今越南）的战争，其中还有来自中国与暹罗的士兵助阵。北壁是毗湿奴等天神与魔鬼作战的故事，西壁的“楞伽之战”出自《罗摩衍那》，叙述主角罗摩的妻子悉多被魔王掳去，罗摩在神猴哈奴曼与猴子军团的帮助下击溃魔王大军，救回悉多的过程。浮雕壁画富于想象力且注重细节，就连角色的

西壁的“楞伽之战”浮雕壁画

面容表情、衣物上的纹样都被仔细地呈现出来。

此外，吴哥窟内婀娜多姿的仙女浮雕也相当出名，布满各处的仙女总数将近2000尊，专家们根据造型分为两类，其中风姿绰约呈现立姿的是蒂娃妲（Devata），翩翩起舞的飞天仙女则是“乳海翻腾”故事中提到诞生自朵朵浪花的阿帕莎拉。这群美丽的仙女浮雕雕工细腻、模样鲜活，神情、面貌、衣着都各有特色。

吴哥窟的三层回廊分别象征地狱、人间和天堂。穿越第二层回廊后，要想登上最高的第三层回廊，天神所在的地方，需要走上一段阶梯。然而，登上“天堂”的台阶阶面非常狭窄，坡度几近垂直，令人望而生畏。当我踏上台阶，发觉脚底板有一半几乎是悬在台阶之外，要登上最高处，绝非易事。不过我也跟其他旅客一样向往“天堂”，不得不手脚并用攀爬，还得随时留意脚下安全。导游稍后为

吴哥窟内婀娜多姿的仙女浮雕

浮雕回廊

我解释，这种设计使得人民必须低着头，无法与神平视，代表人民面对神的时候要永远表现谦卑虔敬。连建筑设计都如此面面俱到，可见统治者当年的用心良苦了。

吴哥的微笑

单是吴哥窟的游历已让我无比惊艳，而这仅仅是整个旅程的开端。在接下来的旅途中，所见所闻更是惊叹连连。其中，真正让我感到触动的，却是“吴哥的微笑”（Smile of Angkor），也有人将之称作“永恒的高棉微笑”。

吴哥窟后方的吴哥大王城（Angkor Thom），又称为“大吴哥”。周达观的《真腊风土记》中有这样一段记载：“州城周围可二十里，有五门，门各两重。唯东向开二门，余向皆一门。城之外巨濠，濠之外皆通衢大桥。”当我亲身来到此处，眼前所见的一景一物，时间仿佛凝结在700多年前，完整还原了周达观的文字，如同穿越了时光隧道一般。

整个吴哥大王城遗址，是由无数逾吨重的灰色砂岩巨石建构而成，设计的格局非常恢宏壮阔。王城呈正方形，每边长3千米，围成一座约9平方千米的都城。两条主要街道彼此垂直，在大吴哥的正中央交错，这个中心点为巴戎寺（Bayon）。全城共有五道城门，除主要街道连接的东、西、南、北门之外，东面还有一道胜利门，与城内的王宫相通，是为迎接凯旋的战士而建。其中，南门、北门的保存状态最好，我是从古朴的南城门进入，游玩吴哥大王城的旅客也通常是从南门进，北门出。

南城门前有一座长 108 米的大桥，横跨护城河，这座石桥参道的左右两边各有一排塑像，高 2 米的塑像出自前面提到过的神话故事“乳海翻腾”。其中，位于桥左边的雕塑是善神提婆，右侧则是恶神阿修罗，两边各有 54 尊神像，双手紧抱巨蛇的身躯，好似两列长长的“拔河”队伍。导游叮嘱我仔细观察这两列塑像，从面相就能够轻易分辨孰为善神，孰为恶神。

石桥参道下方的河水十分清澈，河边还停泊了游河的小船，旅客可乘坐狭长的小船顺着波光粼粼的河道绕城一周，欣赏吴哥大王城的外城墙。

来到石桥参道末端的南城门，城门高约 23 米。根据周

南城门前的石桥与恶神阿修罗雕塑

南城门

达观的描述："城门之上有大石佛头五，面向四方。中置其一，饰之以金。门之两傍，凿石为象形。"不过我实际见到的是朝向四个方向的四面佛头，仔细看去，每尊佛头的表情都略有不同。值得留意的是城门两旁有精美的雕花，还有三头象以长鼻从地上卷起莲花的塑像，造型生动。在象鼻上原本还有印度神话中的天神之王、雷雨之神因陀罗（Indra），传说中三头象便是因陀罗的坐骑，不过如今因陀罗的塑像已破损到无法辨认了。

大吴哥被认为是12世纪末期柬埔寨最大的城市，据说居民超过百万人之多。城内划分为数个区域，然而目前仅留下数座寺庙遗迹，其中以巴戎寺最有名气，深受世人瞩目的"吴哥的微笑"就藏身在巴戎寺中。

巴戎寺建造于12世纪末，建造者为国王阇耶跋摩七世（Jaya varman Ⅶ）。这位国王颇具传奇色彩，他曾经两度放弃登上王位的机会，直到最后一次，占婆王国进犯，攻入吴哥，大肆破坏，当时还是王子的阇耶跋摩七世已近60岁了，为了江山社稷，他亲率大军奋起抵抗，终将占婆王国的军队彻底逐出真腊，并于1181年登上王位。阇耶跋摩七世的一生跌宕起伏，他曾经历国家的内乱，抵御外族的入侵，吴哥王朝更在他的统治之下，重新振兴起来，进而发展成为王朝鼎盛的黄金年代。或许受到这番经历的影响，让他改变了宗教信仰，皈依大乘佛教，因此巴戎寺成为吴哥王城中唯一的一座大乘佛教寺庙。

作为阇耶跋摩七世的国庙，巴戎寺代表的是须弥山，也有人认为是用来搅动乳海的曼陀罗山。

穿越南城门后，向前行一段路，在林木绿荫后方，广阔的平台上犹如山丘般屹立着一座巍峨壮丽的寺庙，这就是蜚声国际的巴戎寺。远观这座寺庙，是金字塔式的建筑，一层层叠高，中央最高处是座圆形宝塔，周遭原本应有 48 座大小不一的佛塔，像众星拱月一般簇拥着中心的宝塔。不过如今仅复原了 30 多座。每一座佛塔上都刻有四面佛，据导游介绍，49 座四面佛塔连同 5 座四面佛塔式的城门，整整 54 座，正好象征着吴哥王朝在鼎盛时统辖的 54 个省。巴戎寺被周达观称为“金塔”，我估计当时佛塔上应该贴满了金箔，所以才有金塔之名，说明当时是多么辉煌富裕的盛世。

进入巴戎寺，穿越两层方形的回廊，先来到中央的宝塔。宝塔建在两层空心的台基之上，两边分别各有一尊石狮和一尊结合金翅鸟与蛇神娜迦的塑像，共同守护在石阶前面。我登上顶层平台的阶梯，先来到寺中最精华的部分，与“吴哥的微笑”来个零距离接触。

据说这些容貌慈祥、垂目微笑的佛像是按照阇耶跋摩七世的面容作蓝本。我仔细观察，发现每个佛像的面相都略有不同，这表示原本应有 216 个不一样的“吴哥的微笑”。随着光线强弱的变化，以及角度的不同，佛像会展现不同的形态表情。我以厅廊残壁作背景，在数不清的佛与佛的排列、交错与对望间，拍下不少具有蒙太奇效果的照片，甚是有趣。

我相信“吴哥的微笑”真正打动人心的地方，不在于

巴戎寺内各种垂目微笑的佛像

它的建筑，而是佛像半阖的双眼、悲悯的神情，传达对世人的关怀与慈爱。

除了“吴哥的微笑”外，巴戎寺另一个深受瞩目的精彩之处，莫过于它的回廊浮雕。浮雕分为上、中、下三段，内容除了神话和宗教故事外，还有描绘国王亲率吴哥军队与占婆大军厮杀的场面，或是国王驾崩的情景。最难得的是有相当的篇幅描述当时王室和人民的日常生活，场景多达 300 个，例如，庆祝节日、祭祀、烹牛宰羊、斗鸡斗猪、捕鱼，甚至妇女临盆等，人物超过 1.1 万个。如此详尽且世俗化的雕塑题材不仅内容丰富，而且在吴哥建筑群中非常少见。若用这些记录高棉人日常的浮雕壁画对照《真腊风土记》中的记载，对于了解当时人民的生活起居，极具研究价值。

浮雕回廊很长，我却未能全部欣赏，主要是巴戎寺太过热门，旅客众多，彼此摩肩接踵，实在难以静下心来仔细赏析，只能边聆听导游的介绍，边走马观花。此外，由于覆盖回廊的拱顶经不住岁月的摧残，失去了保护浮雕的作用，使得部分浮雕外露多年，有些受到绿苔侵蚀，有些早已模糊不清了。

《汉书·晁错传》中有一句“以大为小，以强为弱，在俯仰之间耳”，在巴戎寺似乎更能理解这句话的含义。世事变化，人生无常，曾经的繁荣昌盛如昙花一现，成了过眼烟云，千年历史兴衰仿佛只是一瞬之间的事。唯有“吴哥的微笑”与回廊石壁上的雕刻依然故我，沉默地看着世间的潮起潮落。

离开了巴戎寺后，我跟随导游依序赏游大吴哥王城的其他观光重点，对于大吴哥王城的风采有了更深一层的领略。

巴普昂寺（Baphuon），又叫巴本宫殿，始建于 11 世纪，寺内供奉印度教的湿婆神，在那个年代是最具规模的国庙。《真腊风土记》其中有一段叙述：“金塔至北可一里许，有铜塔一座。比金塔更高，望之郁然，其下亦有石屋十数间。”文中提到的铜塔，就是巴普昂寺，字里行间得知这座国庙甚至较巴戎寺还高，可以想象出它曾拥有如何恢宏的气势。然而，巴普昂寺在15世纪时就被改为佛寺，加建了一座巨大的卧佛，从而影响了结构的稳定性，导致部分建筑崩塌。随着日久失修，寺院越加残破。直至20世纪，该寺才开始重建工程，可惜许多相关文献在战乱中遗失损毁，导致修复过程困难重重，经过多年努力才终于有今日的面貌。我在此未多加驻足，稍加浏览后便前往后方的王宫群。

王宫为木造建筑，如今早已不敌光阴，湮没于历史的长河中，仅存几许砂岩的断垣残壁、浴池等。这座空中宫殿的外观与墨西哥的玛雅金字塔神似，是一座三层的建筑，它其实并非宫殿，而是王室祭祀之用。要想登上空中宫殿，势必得爬上一段陡峭的阶梯。我稍早才领教过吴哥窟的阶梯，不敢再造次，唯有放弃。站在这座“金字塔”下听导游讲解，原来这里的顶端曾经有一座金塔，传说吴哥国王每晚会在此与九头蛇精化成的女人之身同寝。《真腊风土记》中就有一段记载：“若此精一夜不见，则番王死期至矣；若番王一夜不往，则必获灾祸。”

象台（Elephant Terrace）全长300多米，面向吴哥城的胜利门，此处是国王检阅凯旋大军的阅兵台，由阇耶跋摩七世修建，阇耶跋摩八世扩建。这里最值得一看的部分，包括中央的登台阶梯、刻有金翅鸟的浮雕和石狮的塑像，面南的登台阶梯两侧是三头象以长长的象鼻卷起莲花，台

象台的一侧刻有金翅鸟的浮雕

基墙壁上还有大象出征的浮雕，刻画得栩栩如生。至于旁边的癫王台（Leper King Terrace），上下刻满浮雕，其中的人物包括阿修罗和仙女等。导游介绍这里的用途是火葬场，由于我游历过印度瓦拉纳西恒河边的火葬场后，曾经遭逢“异事”，现仍犹有余悸，因此并未沿着木栈道走上癫王台，远眺几眼后，就此别过。

从台上望向对面的树丛间，可以见到12座大小相仿的小塔，被称为十二塔庙，一般华人则称之为十二生肖塔，不过与我们的十二生肖并没有关系，它们的实际名称和功用至今仍然是一个谜。根据小塔的造型设计，有人认为节庆时会在塔与塔之间以绳相连接，由艺人表演走绳索等节目；也有一说法是为王室提供观礼和欣赏表演的场地。根据周达观的说法，这12座塔的用途是解决人民的争端，若

象台阶梯两侧雕塑的三头象

两方冲突无法判断孰对孰错，就各关进一塔内，看谁出现生病的症状，则那个人便是有错的一方，然而这个说法目前并未有其他的资料加以佐证。十二生肖塔后方两侧各有一

十二生肖塔

座建筑物，为北喀霖寺和南喀霖寺，同样用途不明，可能是用来招待使节或贵宾的地方。

吴哥大王城城墙的 4 个角落还建有小型庙宇，叫作帕沙青戎庙，这 4 座帕沙青戎庙的大小样式雷同，且都面朝东方。东南角的帕沙青戎庙目前保存状况最佳，若时间尚有余裕，也可以移步到此，还可以顺道欣赏护城河的风光。

柬埔寨的舞蹈文化

来到柬埔寨，除了“吴哥的微笑”外，也别错过仙女之舞！

我在暹粒的第一个夜晚，酒店为住客带来意外的惊喜，在露天庭院中呈现一场综合舞蹈演出。在舞者肢体的摆动中，舞蹈呈现了非常浓郁的传统风味。我曾经在泰国看过当地的传统舞蹈演出，这回欣赏柬埔寨的舞蹈表演，总觉得两者十分接近，无论在舞者的服饰还是跳舞的姿态方面，都极其类似，令我满腹疑问，好奇两者之间到底有何关联。向导游提问后，导游在整趟的旅程中不止一次对我强调：泰国舞蹈是源自柬埔寨，向柬埔寨学习并仿效的。

导游细细解释这段缘由，他说柬埔寨的舞蹈基本上分为古典宫廷舞和民间舞两大类，其中的古典宫廷舞被称为皇家舞剧，又叫仙女舞。为何会有如此称谓呢？原来这是一种向神灵祈祷的舞蹈，表演者被视为人间的阿帕莎拉仙女，拥有极为崇高的地位。前面提到过，阿帕莎拉是印度神话中自浪花诞生的飞天仙女，被视为国王与上帝和祖先之间的信使。皇家舞剧已有相当长的历史，据说最早可以追溯到1世纪前后，当时印度文化传入扶南王朝，融合了柬埔寨的本土文化，奠定了高棉文化的雏形，这一点也体现在舞蹈艺术中。导游表示，无论是古老的石碑上，还是在吴哥窟的雕刻中，都能寻得它的痕迹。

吴哥王朝晚期，暹罗（泰国古称）入侵，攻破了吴哥城。王朝衰亡后，柬埔寨再次遭到暹罗入侵，并且一度向其臣服。在这期间，柬埔寨王室衰微，宫廷舞不仅流落民间，而且还被暹罗人带回本国。直到19世纪中叶，柬埔寨安东王登基后，致力复兴几近失传的宫廷舞，同时加以改革，使之得以继续发展传承下来。

好景不长，20世纪70年代宫廷舞再度受到重创，其与王室的关系被视作旧时代的象征，绝大多数的舞者和乐师都遭到屠杀，几近消亡。至1975年在联合国的协助下，建

吴哥窟内婀娜多姿的仙女浮雕

立学校，让这门艺术得到传承。不过其仍然面临许多现实的挑战，如资金以及合适表演空间的缺乏。

柬埔寨的古典宫廷舞别有特色：需要穿着色彩艳丽的传统服饰，还有一点非常重要，那就是手势，单是手指的伸展、翻转，便都代表了不同的含义，这种表演可非一朝一夕就能够学成的，都需要经过长期而严苛的训练。从角色的服装、面具，以及手势和身体的律动中，就能够看出角色的分别，以及表演传达的含义。这类技巧需要严格的要求与训练，所以舞者大多从年幼的时候就开始学习。

我在柬埔寨的酒店近距离观赏了一场仙女舞的演出，仿佛进行了一次穿越之旅，来到旧时吴哥的王庭。

一片漆黑中，低沉而悠扬的乐声响起，舞台两侧燃起烛光，扮成阿帕莎拉仙女的舞者们身着亮丽奢华的服饰，款款而出。她们身段柔软、体态婀娜，或翻动手腕，或抬起单脚，眼神波光流转。舞姿显得如此柔美而带着神圣感，静中有动、动中有静，展现一种东方含蓄又有深度的美。

除了仙女舞之外，柬埔寨的古典舞蹈还包括面具舞，面具舞唯一表演的剧目，来自印度史诗《罗摩衍那》，这故事同样也出现在吴哥窟浮雕墙的主题中。在表演中，除了女主角悉多和女性角色之外，其他男舞者演出时都戴着面具，面具包覆住头到脖子的部分，也遮住了舞者的表情，眼睛部位则留有两个小孔，方便舞者看到外界，面具则用不同的颜色来绘制。表演的时候，舞者无法说话，以具有特定含义的动作舞步来表现，舞者是和包括木管、铜锣和鼓等乐器，以及以歌唱和诵读来描述情节的合唱团一同进行表演。

此外，面具舞表演时，也会跟大皮影戏一起表演。大皮影戏的皮偶约一人高，有的甚至达2米，是由整片的真牛皮制作，并用树皮染色、绘制、剪形等，然后系于2根竹棍上，让舞者操作，借由操作皮偶的舞步动作来诠释角色，表演时舞者也没有语言对白，但会伴有乐器的演奏，以及负责讲述的人。

在吴哥王朝时期，大皮影戏与皇家舞剧同样都是被视为“神的艺术”的神圣象征。作为一种祭祀仪式，一般只有在新年、国王诞辰等特殊场合演出。吴哥王朝衰落后，大皮影戏逐渐成为一种将传统祭祀仪式保留下来的民间艺术。

在暹罗入侵柬埔寨的那段时间，不仅掠夺了大量财物，甚至将舞者、乐师和工匠一并带回暹罗，使得舞蹈和多项技艺也随之流入，影响了该国的文化发展，包括目前在泰国传统舞蹈中占了重要地位的面具舞（Lakhon Khol）。不料泰国人认为自己保存了正宗的宫廷舞剧，并一直延续发展至今，因此把它“据为己有”，于2018年年初向联合国提出申请将面具舞列入世界文化遗产名录。

当然，此举遭到柬埔寨的极力反对，坚持皇家面具舞是属于本国的文化遗产，柬埔寨不得不同时也申请世界文化遗产名录。联合国教科文组织面对两个国家同时以近乎相同的舞蹈提出申请，必须加以研究并作出决断。最后根据史实，在 2018 年 11 月确定面具舞本属柬埔寨，并且列入人类非物质文化遗产名录，使这个争议总算尘埃落定。

除仙女舞的表演外，当天晚上在酒店的综合演出中，还包括椰壳舞、昌扬舞，以及和中国傣族一脉相承的竹竿舞等，这些均属于柬埔寨的民间舞蹈，与宫廷舞一样有着悠久的历史，不过它源于人们的生活，除了富有浓厚的民族色彩外，也更加活泼而生气勃勃。

柬埔寨盛产椰子，是一项重要的农业资源。在柬埔寨东南部的柴桢省（Svay Rieng Province），首创以椰壳作为敲击的乐器，舞者双手各执半边的椰壳，互相敲击，同时随着敲出的多种节奏变换舞步和队形。运用当地物产作为表演用具，十分有趣而具有特色。

昌扬舞（Chhayam）是传统高棉舞蹈，又称洽亚舞或手鼓舞，舞者背着鼓，手拿铙钹和竹板，表演的节奏非常强烈，产生欢乐振奋的氛围。舞者还画上脸谱或戴着面具，并做出夸张而滑稽的动作，让观众感到愉悦和充满活力。这是一种在生活中即兴创作的舞蹈，农民在丰收之后，相聚一起，庆贺丰收与胜利的喜悦，同时也是男女青年表达爱情的场合。

至于竹竿舞，就和我国傣族的如出一辙，在两根竹竿间舞动的人数从 1 个人增加到 4 个人，随着乐曲节奏的加速，竹竿开合的速度也越来越快，观众的眼睛都要跟不上竹竿的速度了。在竹竿清脆的碰击声响以及开合的瞬间，舞者敏捷地进退跳跃，同时自然地舞动出各种优美的姿势，可见其技巧的熟练，也考验与抬竿者之间的绝佳默契。

除此之外，民间舞蹈还有许多类型，包括利用木杵和石臼撞击，融合歌唱与舞蹈，表现民间舂米劳动生活的木杵舞；舞者头上戴着牛角，展现人民狩猎生活的牛角舞；柬埔寨西部拜林地区（Pailin City）在服装上装饰孔雀长尾的造型，模仿孔雀动作的孔雀舞，以及在新年期间才表演，具有消灾解厄、祝福来年平安顺遂的德罗特舞等。从民间舞蹈的表演和内容可以看出，这些带有浓郁传统文化色彩的舞蹈多半利用手边可以取得的道具，如椰壳；或模仿身旁见到的动物，如孔雀；或者与生活息息相关，反映地区的传统生活，例如，表现村民丰收的欢乐景象。

欣赏柬埔寨的传统舞蹈，不但是视觉上的享受，而且也可以顺便了解该国的风俗民情，是一项很好的文化交流工具，相当受旅客的欢迎。我个人认为，来柬埔寨旅游时，这是不可或缺的节目之一。

比粒寺观日落

比粒寺（Pre Rup）属于吴哥大圈的景点之一，位置比较偏远，在吴哥遗址群的东边，坐西朝东，是观赏日落的绝佳去处之一。我计算着时间，从吴哥大王城匆匆赶过去。

比粒寺是在10世纪下半叶，罗贞陀罗跋摩二世（Rajend-ravarman Ⅱ）统治时期建造的。柬埔寨人去世之后多采用火葬的方式，认为人死后如果采用火葬，可以从印度教教义中的善恶轮回中解脱出来，进而变身为神。比粒寺就是用来举行已逝国王火葬仪式的寺庙，让王族火化变身为神之用，所以又有“变身塔”的别称。另有一种说法，这是国王为自己建造的主庙，但还未建成国王就已经驾崩，后来才成为王族举行火葬的神殿。

我从东门进入，向前望去。比粒寺也是金字塔式的建筑，三层平台上耸立一座代表须弥山的中央殿堂，平台的

比粒寺是金字塔式建筑，正中央设有石阶可通往上层平台与宝塔

四个角落则有四座宝塔环绕，正中央设有石阶可由底部通往平台上层。此处以砂岩和红砖为建材，是在砂岩的底座上建造砖塔。

阶梯前方的地上设置了一个方形石槽，据说是用于尸体火化。火化时人头朝东，脚朝西，如此一来，火化后的灵魂起身就能直接登上神灵的圣坛。石槽两边各有一座藏经阁。东北角有一栋小型的建筑，具有水池和出水口，被认为是遗体火化后，用来以椰子水清洗骨灰的地方。有的考古学者则抱持不同看法，觉得方形石槽是个底座，上头原本应有一座神牛雕像，是湿婆神的坐骑南迪。至于两旁的塔形建筑，可能是焚烧尸体的火葬塔。

我顺着台阶向上走，打算攀登到最高层的平台。这儿的阶梯与吴哥的其他寺、塔无异，都非常陡峭，有些甚至严重损毁，真是一步一惊心。为安全起见，还得跟前后登塔观日落的游客保持一定距离。待我爬到最高一层平台时，

方形石槽，据说用于火化尸体

已是气喘吁吁，不过等到气息平缓下来之后，看到眼前的一切，顿时感到所有的辛苦都是值得的。高处的视野无比开阔，眺望远方林木葱茏，离离蔚蔚，心情顿时快意非常。俯瞰下方，人和物都变得渺小，又不禁平添一种君临天下的豪迈气魄。

距离夕阳西下还有点时间，我趁机在高台上四处走动参观。平台的五座宝塔内是神龛，现在已封闭，未能入内。宝塔上头的雕塑是由红砖外层盖上灰泥之后再加以雕刻而成的，门柱、门楣和窗棂上仍残存部分雕刻。不过宝塔内外的墙砖与地面都留下黑色的痕迹，像是被火烧过一样，不知是建筑材料经过历史变迁的原因，还是长期烟熏火燎所致。

想当年这儿唯有王室人员能够出席仪式，平民百姓不得随意进入，有谁能料到千百年后，这样的地方却成为寻常百姓的旅游景点。历史的兴衰变化无常，最后也只能徒留一声叹息。

在这里要特别提到的是比粒寺的石狮，其体态模样看起来较中国的石狮更为修长，臀部又圆又翘，以挺拔的姿势端坐高台，千百年来坚毅不拔地守护着这座寺庙。每尊石狮的背后，都是取景的最佳位置。我以美国艺术家 John McDermott 的摄影照片为范本，依样画葫芦，以天为幕、以地为台，尽己所能地拿起相机，好好记录下这一刻。

太阳开始缓缓向下挪动，我静静观赏这场大自然的美景盛宴。日落余晖洒落在红砖结构的比粒寺上，呈现一片

许多游客登塔观日落

塔上的绝美日落

赭红的色彩，显得温暖而鲜艳。可惜，美丽的事物都是短暂的，从漫天的彩霞到浑圆的夕阳落入原始森林，仿佛只在一瞬之间。令人赞叹之余，又不免感到怅惘。

未完成的庙宇

塔高寺（Ta Keo）与比粒寺同样位于吴哥遗址的东边区块，不过距离大吴哥城的胜利门不远，被划分在吴哥的小圈旅游路线中。自 2010 年下半年开始，直至 2018 年，塔高寺是由中国政府负责保护修复的寺庙之一。

塔高寺名称真正的含义应为“祖先的水晶塔”或“琉璃塔”，另外也被叫作“茶胶寺”。它建于 1000 年前后，属于阇耶跋摩五世统治的时期，然而，它却是一座未曾完工的庙宇。关于它为何未能完成的原因有诸多揣测，有专家认为当国王阇耶跋摩五世去世后，后人忙于争权夺位，寺庙的工程因而延宕；亦有传说在寺庙修建期间，塔顶曾遭雷击，高棉人将其视作不祥之兆，因此停工；还有一种说法是由于选错了建材，导致工程无法继续，不得已放弃了寺庙。至今考古界对于停工的原因仍然没有定论，但是如此一座缺乏雕饰的建筑雏形，却反而在简朴中展现出一种原始粗犷和豪迈的力与美，和其他寺庙充满复杂线条的精细雕琢完全两样，更显出它的独特。

与其他吴哥的寺庙一样，塔高寺也面朝东方，门前有条笔直的参道，大约 500 米长。寺庙的周遭原本应该设有护城河围绕，不过现在残留无几，平时寻不到任何踪影，

穿过入口处盘踞的几棵树木，塔高寺高耸的宝塔映入眼帘

未完工的塔高寺是典型的金字塔式庙山建筑，五层平台上方是宝塔

唯有雨季来临时，才会出现水潭。

寺庙入口处盘踞着几棵树木，穿越至门内，五座高耸的宝塔顿时映入眼帘。

塔高寺的整体建筑是典型的金字塔式庙山建筑，方形的平台共有五层，第一、二层包括外墙及回廊，第三层到第五层则是中央的塔庙和最高处的宝塔。

我见建筑高耸、阶梯陡峭，又没有扶手设施，要攀爬上去，并非易事，恐怕得花费一番工夫。幸好有导游从旁协助，我勉强登上顶端平台。五座高塔依梅花式排列，中央塔高约 50 米，位于四个角落的宝塔较低矮，像众星拱月般围绕，是须弥山的象征。这里四周无人，凉风习习，倒是一处乘凉休闲的好地方。

导游特别介绍，塔高寺是吴哥遗迹中第一座完全使用砂岩修建而成的寺庙。从缺乏雕饰的高塔外形可以了解到吴哥寺庙的建筑工序，首先将石材切割好，接着如堆砌积木般一块块叠好，待成型之后才开始进行雕刻修饰。这对于考古学家们研究吴哥建筑工法具有非常大的帮助。

塔高寺如同一块未经雕琢的璞玉，它的含蓄内敛是独特的，与其说是一座半成品，倒不如说是一件低调的艺术品。在漫漫历史长河中，当后人窥探那段失落的时期，试图揭开尘封的建筑奥秘，它的存在正是提供给考古学家研究的绝佳印证。

塔布隆寺里的“树妖”

与塔高寺相距不远，同样属于吴哥小圈景点的另一座寺庙，凭借着2001年的电影《古墓丽影》而声名大噪，那就是塔布隆寺（Ta Prohm）。犹记当年从电影院大银幕中见到丛林中的巨大树木居然与寺庙建筑紧紧交缠，感到相当震撼，女主角劳拉与绞杀榕搏斗的场面也带给我深刻的印象。在还没有认识关于塔布隆寺的历史与古文明之前，我就已经对这座庙宇产生了探索的好奇心。

在高棉文中，Ta Prohm的Ta是爷爷、祖先的意思，Prohm则代表婆罗门，翻译过来就成“婆罗门的祖先”之意。塔布隆寺建于12世纪末到13世纪初，是巴戎寺建造者阇耶跋摩七世为母亲修建的寺庙，因而又称为“母庙”。

母庙在吴哥窟建筑群中，规模算是相当庞大的，拥有五层围墙，最外一层约1000米长，600米宽。寺中曾经发现一块以梵文刻成的石碑，经过考古学家的翻译解码，才让后人了解到，原来当年塔布隆寺周边围绕着3140座村庄，寺庙的地位应属于这个小城镇的中心。为了维持庙宇的运作，需要79365名人力，其中包括18名大祭司、2740名官员、2202名助理和615名舞者。寺庙的财产中包括一套重500千克的金碟、35颗钻石、40620颗珍珠、4540颗宝

塔布隆寺凭借电影《古墓丽影》而声名大噪

石……这些数字不仅说明塔布隆寺受到的重视，也证实了吴哥王朝的繁荣盛世。

在导游的陪同下，我来到塔布隆寺景区的东门。从东门往寺院行进的途中，是一段泥土路，两旁林木繁茂，绿意盎然，参天的大树把幽径和庭院掩蔽得异常阴凉。

我顺着小路往前走，路旁有好几位在战乱时被地雷炸致伤残的当地人，他们对着来往的旅客吹奏传统音乐，售卖录制的光盘。

密林过后是一座长方形的“跳舞大厅”（Hall of Dancer），这种建筑布局在吴哥古迹中是较少见到的。无论是门楣还是内部的墙壁上，都雕刻着体态婀娜、舞姿翩翩

战乱中被地雷炸致伤残的当地人

的阿帕莎拉仙女，考古学者们借此猜测这乃是祭祀时举行表演仪式的场所。

前方的石板步道已然颓圮，碎石散乱在地上，我一步步向前探索，穿越过另一道石门，围墙大都已经坍塌，间或以铁架和木柱加以支撑。

寺庙内所见大多数是木棉树与绞杀榕。在这里我们亲眼见证自然之力的肆虐，巨大的树根盘绕在围墙上，古迹与树木的枝干纠缠不清。我见到树木的枝干钻进地面或墙内，将石板或墙砖掀起，或横七竖八挡住通行的路。

最大的视觉震撼是一棵木棉树像蛇一样盘踞在屋檐上，树根牢牢地抓住整座厅室，形态十分狰狞。据说当年法国人就因为树根盘根错节太过严重，才决定放弃整修，让它保持原貌。后来改由印度进行维护，也依旧维持这般状态，并

以铁架支撑建筑物以免坍塌

未移除这些数不清的树根。

这些参天巨树究竟是如何植入建筑中，与寺庙缠绕共生，化为一体的？它们当年也只不过是一粒种子，借着鸟类的传播，不经意间落入石缝中，经过几百年时间的生长，展现了大自然令人敬畏的生命力。

我认为在塔布隆寺中见到的最经典的一幕，就是一尊仙女像隐蔽在回廊中一个巨大的树根里面，只有部分脸庞露出，感觉相当妖异，让我不由得想起《西游记》中的“树妖”。这尊阿帕莎拉仙女像的位置相当隐蔽，如果不是导游指点，恐怕很容易错过。另一处旅客热衷拍摄的地点，是一棵深植在回廊上的巨大木棉树，厚实的树根在屋顶上盘根错节，

许多遗迹石块上都有编号，等待组装

隐蔽在树根中的仙女像

而绞杀榕寄生缠绕在木棉上，将之紧紧包覆，非常壮观。

我顺着狭长的廊道继续探秘，穿越庭院回廊。除了堪称奇观的自然景象外，庙内外的残垣断壁间，有许多浮雕也是极为精彩。

塔布隆寺供奉的是般若波罗蜜多佛母 Prajna Paramita（智慧女神），她的形象据说是按照阇耶跋摩七世的母亲雕刻而成。还有墙面留下无数小洞的回音室，这些小坑洞从前都镶嵌着各式珠宝，可惜早已不见踪影。此外，游客若站在室内拍打胸口的位置，便会听到很大的回音，这也是回音室名称的由来。

墙面上的小坑洞从前都镶嵌着各式珠宝，可惜早已不见踪影

塔布隆寺的墙上有个很像恐龙的雕刻（由下往上数第三个），引起热议

再灿烂的文明，终究抵不过时间的摧残。几百年时光，巨树吞噬了寺庙，墙体染上了苔绿，或爬满了藤蔓。塔布隆寺一度被淹没于原始丛林之中，幸而重新被发掘出来，今日我能够来此亲眼见证它的存在，实乃人生之幸！

塔萨寺与东湄本寺

塔萨寺（Ta Som）始建于12世纪末，是一座由巴戎寺建造者阇耶跋摩七世兴建的佛教寺庙。前文已提过，“Ta”是祖先的意思，这座寺庙的建筑目的，有一种说法是为了供奉国王的父亲，还有另一种说法是为了纪念一位吴哥王朝骁勇善战的将军。

规模较小的塔萨寺

塔萨寺规模较小，这几天皆在吴哥大大小小的遗迹间游览，因而参观这座寺庙时，不免感到它的布局，寺内佛像和仙女的雕塑都不算突出。

寺庙三面都有围墙包围，东西两侧皆有入口，东门是主要入口，但参观路线是从西门进入。东西两门的塔楼都是典型的四面佛塔式，我穿过塔楼，进入寺庙内，眼前是如同丛林一般的参天大树，一切都掩映在其中。在这一刹那，“庭院深深深几许”这句词浮上了心头。此处仿佛是被世人遗忘的角落，庞然大物的木棉树盘根错节，沉默地霸占寺庙。断壁残垣，乱石遍地，石上布满苔绿，却为破败的古寺添上一分苍翠与神秘。

我在寺庙内四处走走看看，约半小时就足以让我走遍每个角落，最后由东门离开。导游说，塔萨寺东门的景观是整座寺庙内最为画龙点睛、让人惊叹之处。我原本心想，在吴哥，这类的木石共生早已是司空见惯，见怪不怪了。谁知当我一走出塔萨寺东门，眼前的景象还是令我深受震撼。

被巨树包裹的塔萨寺东门是整座寺庙最让人惊叹的景象

几百年的大树仿佛将东门塔楼上的佛像一口吞入，只见到粗壮的树根，原本应与西门塔楼一样的四面佛像早已不见踪影，巨树更把两侧的围墙压得倾斜变形。游客从树下的“洞门”进出，别有一番趣味！

离开塔萨寺后，我坐在车里，木石共生的画面却始终在脑海中萦绕，即使是再坚固的人为建筑，也无法抗拒大自然和时间带来的可怕力量。

不多时，东湄本寺（East Mebon，又译东美蓬寺）出现在眼前。供奉湿婆神的东湄本寺建于953年，是一个湖中庙宇，位于东池（East Baray）中央。吴哥王朝在9—12世纪大兴水利，分别修建起担纲水库功用的东池、西池、北池、皇家浴池等，并兴建护城河，建构一套规模宏大的水

嘟嘟车（Tuktuk）在柬埔寨是非常普遍的交通工具

东湄本寺属于金字塔式建筑，是位于东池中央的庙宇，如今东池已干涸，入口处的阶梯则是过去的码头所在

利系统。其作用除了农田灌溉外，还为城市和寺庙提供饮用水，并有调节水资源等功能，这是吴哥王朝对当地的一大贡献。一般水池的建造方式是挖坑而成，但东、西两座水池却是从地面筑起土墙围成的，相当特别。

如今东池已然干涸，因此我搭乘的车子可以直接开至寺前。东湄本寺同样是金字塔式建筑，与其他许多寺庙一样，阶梯又高又陡峭。平台共有三层，四个角落放有石质的大象雕塑，造型惟妙惟肖、栩栩如生，十分精美。砂岩质的宝塔则显得斑驳。

东湄本寺门楣上的精美浮雕

东湄本寺平台内的石象

寺内的精美浮雕

皇家浴池和女王宫

在吴哥的两天行程中，我拜访了很多神庙遗迹，也逐渐加深了对吴哥王朝建筑的认识。这些神庙古迹建筑的格局几乎大同小异：寺前有参道，周围有护城河，四面围墙的中间设有塔门，内部则有藏经阁、回廊、中央塔楼等，中央宝塔的建筑形态大多采用金字塔式的堆栈，象征着宗教的宇宙中心——须弥山。此外，寺庙内外，包括窗棂、门楣，多半刻有细腻精美的雕饰，图腾纹样包括浪花、火焰、藤蔓等。亦有关于宗教神话故事的浮雕，其中最吸引人注意的，莫过于风姿绰约、美丽婀娜的飞天仙女阿帕莎拉塑像。不仅如此，还有作为守护神的金翅鸟、蛇神娜迦、狮子和大象等塑像。虽然我并非考古学家，又不懂土木工程，但是在实地参观各项遗迹中，不知不觉也增长了不少知识。

导游见我多日以来乐此不疲地进出于多座古迹，担心我已厌倦了寺庙的行程，便提议我去游一游皇家浴池（Srah Srang），除了见识高棉人另类的智慧外，也借此改变一下较为单调严肃的宗教建筑古迹行程。

波光潋滟的浴池前，有个十字形的平台。我跟着导游来到平台，这儿设有阶梯可以往下走到池边。平台上的栏杆是蛇神娜迦的简单设计，虽然称不上有多精美，但颇为

皇家浴池

大气，不失皇家风范；另有展开双翼的金翅鸟威风凛凛制伏娜迦的雕塑，以及一对雄壮的石狮，共同守护着这座东西长 700 米，南北宽 350 米的浴池。虽然它有浴池之称，但根据记载，实际是一座蓄水的水库，由混合红土和砂岩建成，堤岸仍留有古时输水管道的痕迹。据闻祭祀期间，国王和王室成员会在此沐浴休憩，或进行祈福仪式，因而名称冠上“皇家”这个词。目前，水库在当地仍属于重要的供水设施，因此政府已明令严禁人们在此洗濯，以保持水源的洁净，避免遭受污染。

我自平台上眺望这座建于 10 世纪的皇家浴池，碧波浩渺，明镜般的池面倒映着空中缓缓移动的柔云，池的周围林木葱茏、绿树成荫，风光旖旎。据说每天日出日落时，池边总是聚集着游人，欣赏漫天霞光和宜人景致。

可惜接下来还有其他景点等待着我，无暇久候日落美景，只好就此挥手道别。

吴哥遗迹的另一个热点——班蒂斯蕾（Banteay Srei）有个更广为人知的名称，叫作女王宫。它始建于 967 年的罗贞陀罗跋摩二世时期，直到 1002 年的阇耶跋摩五世（建造塔高寺的国王）时期才完工。该建筑的特别之处在于它并非由国王所建，而是一位大臣，是所有吴哥寺庙中，唯一一座非王室建造，且非“神王合一”的庙宇。原先为供奉湿婆神的湿婆宫，却不知为何会有流传甚广的“女王宫”别号？导游介绍，过去此处有修行的僧侣，与王室的女性并未扯上任何关系，被称作女王宫实在有些莫名其妙。

我后来查询资料，发现有种说法是庙宇本身的规模和雕刻装饰都相当精巧，因而得名。也有人说，1914 年女王宫被法国人重新发现时，探险队在这儿见到不少细致的女性雕塑，便以为此处是女王的居所。

前往女王宫途中，导游提前告知我，其面积并不大，然而待我来到时，才发现女王宫实际的建筑面积比我所想象的还要小很多。

女王宫前有一条 60 多米长的红土参道，我从参道往宫门的方向望去，左右两边各有一池碧玉般的荷花潭，参道的末端就是小巧的女王宫，仿佛一个蛰居密林深处的隐士。有别于其他吴哥古迹的建材，女王宫以红色砂岩为主，色彩格外艳丽，与它的名字互相呼应。

女王宫前的红土参道

红土参道两边的荷花潭

以红色砂岩为主建材的女王宫，色彩有别于其他吴哥遗迹

女王宫最著名的，莫过于其宫内精致非凡的浮雕，内容繁复得令人忍不住赞叹它的每一个细节。

旅客“打咭”（粤语，“打卡”的意思）的重点，莫过于塔门的山形墙了。视线所及，门楣、门柱和墙壁等，都雕满极为细致的神、人、兽或各种花纹，精彩绝伦，美不胜收。女王宫的前方设置了展馆，在“进宫”之前，我先入内参观，从图片和文字的介绍中，对于这个古迹有了初步的认识。现在看到实品，印象就更为深刻了。即使身为门外汉的我，也都能从中品味出它的美丽，赞叹雕刻者高超的工艺技术。也难怪女王宫又被称为是“吴哥古迹明珠”和“吴哥艺术之钻”。

女王宫精致的浮雕

女王宫门楣、门柱上的浮雕

女王宫内面的每重围墙上，各雕刻着不同的宗教神话故事，我一边观看墙上的浮雕，一边聆听导游对于情节的解说，如同观赏一幅有声有色的连环画，饶有趣味。

女王宫的门框越往里越显得低矮，有时甚至需要低下头、弯下腰才能进去。这代表着面对湿婆神时，世间民众需要表现出对神祇的敬畏与谦卑。

门框越往里越显低矮，代表面对湿婆神要表现敬畏与谦卑

宫中的代表作，莫过于几尊柔美优雅与婀娜妩媚兼具的蒂娃妲（Devata）女神，这些女神被誉为“东方的蒙娜丽莎”。在此处，旅客纷纷拿出相机，在女神雕像之前排成一条长龙，就为了能留下自己的身影。我苦苦等候了十多分钟，才终于顺利地将美丽的蒂娃妲女神雕像留在我的镜头里。

蒂娃妲女神

“天空之城”

告别小巧玲珑的女王宫，下一站我们来到的是吴哥最具神秘气息的崩密列（Beng Mealea，又译班梅雷雅庙）。听说日本知名的动漫电影《天空之城》就是导演宫崎骏根据崩密列的原型创作出来的，使得这儿受到不少人的关注。

崩密列位于吴哥遗迹群以东约 40 千米处，是离大吴哥王城最远的一个遗迹。和女王宫一样，同属于外圈旅游路线的景点。

坊间多认为，崩密列是吴哥遗迹群中最值得去的地方，但也同时是最难以前往的。当我来到景区，不禁惊异于面前倾颓残破的“废墟”景观，看似完全陷于浓密树林与乱石堆的荒野中，给我的第一印象，就是碎石凌乱、墙垣坍塌，仿佛无路可走。尽管我这一连几天见到数不胜数的断壁颓垣，早已司空见惯，但如崩密列这般破败的严重程度，还是让我感受到其中的震撼，这是一种带着不完美的美丽。

在遗址前，导游特别提及，这片区域过去曾作为“红色高棉”的根据地，为了准备与政府军决一死战，这里布满了地雷。后来政府花了 10 多年时间进行扫雷，直到 2007 年才将最后一颗地雷扫除。但附近的村民曾表示，崩密列周围的丛林中仍有少数“漏网之鱼”的地雷，偶尔发生误触炸伤的事件，因此为了安全起见，尽量别往偏僻的地方走。

崩密列的建材使用的是淡褐色的砂岩，再坚固的石材，也抵抗不了天灾人祸与时间的折磨，它先遭受占婆王国入侵的大肆破坏，其后又经历地震等灾害，最终淹没在丛林间，无法逃脱变为废墟的命运。

这儿虽曾经过德国等国专家多年的努力，但就我看来，修葺过的痕迹并不明显，仿佛这就是吴哥遗迹最初被发现时的原本模样，建筑和树木几乎融为一体，举目环顾，尽是荒芜凋零的景象，昭示着这是一处被遗弃的高棉文明。

崩密列的规模只比吴哥窟略小，布局和建筑风格与其十分相似。它是座印度教的寺庙，但其中一些元素却带有佛教色彩。可惜因为所处位置实在太过偏僻，加上地方欠缺对文物的保护意识，许多浮雕和雕像早被劫掠一空。

我从南门进入，参道已遭破坏，不过中间有尊五头蛇神雕像保存相当完整，据说是整个遗迹中硕果仅存的。五头蛇神雕像的刻工精巧，连细密的牙齿都清晰可见。导游说，崩密列建造完成不久，这尊蛇神雕像便倒塌而埋没在泥土中，却也因此得以完好保存下来，真真印证了“祸福相倚，世事难料”之说。

再向前走，一堆堆坍塌的石块、石板成为名副其实的拦路石。已很难见到任何完整的墙壁或建筑，更遑论代表须弥山的中央建筑群。一株株高大的木棉树干破开了坚实的墙壁，粗壮的老根掀起铺于地面的石板，盘根错节，触目惊心。原始丛林的力量到底能有多大？在此尽显无遗，

崩密列崩塌的南门

亲自来这儿走一遭，再不会有所怀疑。外表看上去尚算完好的藏经阁，应该是目前崩密列内部保存最佳的状态了，却也青苔蔓生，满是历史苍凉的痕迹。

犹记得前天我前往塔布隆寺时，惊叹于它的残破。没想到与崩密列相比，根本是小巫见大巫。此处的回廊、拱顶早已荡然无存，残破得更加彻底。关于崩密列的历史记载已然佚失，后世的人们仅能从建筑特色和风格加以推测，它大约是 12 世纪时的产物，建造吴哥窟的苏耶跋摩二世时期。

在高棉语中，崩密列是“荷花池”的意思，字里行间

保存完整的五头蛇神雕像

外表看上去尚算完好的藏经阁

回廊、拱顶早已荡然无存

可以想象当初建造者的美好心愿。可惜如今并非雨季，寺庙内找不到池塘的踪影，更不用说荷花了，眼前所见，只有茂密而任意肆虐的林木。

考古学家为了更妥善地维护古迹，避免进一步坍塌，便使用铁架支撑遗迹。此外，遗址内部也修筑了木栈道，方便游客顺着方向漫步浏览。我沿着木栈道前行，满目疮痍仿佛没有尽头。我绕过遮天耸立的巨树，攀爬一层层高低起伏的阶梯，自高处往下看，却难以从崩裂的乱石间辨认寺庙应有的轮廓。

由于遗址包围在热带丛林中，既闷热又潮湿，这样的环境待久了，实在是酷热难耐，因此当我从“天空之城”离开时，竟有种“逃出生天”的感觉。

遗址内部修筑了木栈道

作者与当地人合影

迷宫般的寺庙

大吴哥城的东北方，有两座散落在丛林间的寺庙，一座是圣剑寺（Preah Khan），另一座是龙蟠寺（Neak Pean），两者皆由阇耶跋摩七世所建造。先前我曾去过阇耶跋摩七世为献给母亲而建的“母庙”塔布隆寺，今日来到的这座圣剑寺，则是其献给父亲的，所以有“父庙”之称。阇耶跋摩七世不愧是受到高棉人民敬重，以孝道著称的君主。

“父庙”圣剑寺自1184年开始动工，直到1191年建成。寺庙整体占地面积广阔，规模布局宏大。据称在建造大吴哥王城时，圣剑寺成为阇耶跋摩七世的行宫，且其本身的功能不仅是一座寺庙，同时也是一所提供近千名僧侣研习佛经的学院。

为何称此寺为圣剑寺呢？原来它是阇耶跋摩七世挥军击溃占婆士兵的入侵，凯旋后建造的，其古名为“Nagara Jayasri”，意即“胜利的幸运之城”。阇耶跋摩七世还特意以他父亲的形象作为寺庙主殿神像的雕塑蓝本，并且建庙存放“圣剑”，纪念他的功绩。在吴哥王朝，圣剑是皇权的象征。导游介绍，寺庙内有座两层的建筑，位于东塔门侧，据说就是存放圣剑之所。我怀着对圣剑的好奇心，踏上景区那充满林荫的沙土路。

引道两旁设置了界石

柱石

我来到的这一天，寺庙并不像其他热门景点那般拥有络绎不绝的人潮，前来游寺的旅客并不多，估计不超过20人，我却因此得了便宜，可以从容悠闲地游览和拍照。

进入景区后，远处的寺庙被茂密的树林遮掩。引道两旁设置了界石，这些方形的柱石上面刻有莲花花苞，柱基雕有神兽。丛林间不时传来乐器的演奏声，却始终未见到演奏者，有点阴森诡秘的氛围。

参道的尽头是护城河，河

道里依然流淌着清澈的河水，为炎热的天气添上一分凉意。护城河上砂岩石桥的设计基本上跟大吴哥王城一模一样，桥上都有蛇形栏杆，只是规模稍逊于吴哥城，同样是“乳海翻腾”的故事。栏杆两边各有 23 尊善、恶神像，可惜遭到严重破坏，绝大多数塑像的头部都已遗失，残破不堪。最前方塔门两侧，各有一尊巨型的金翅鸟，昂首挺胸，神气十足。这般的造型，导游解释是印度教和佛教合一的艺术表现。

寺庙坐西朝东，东、南、西、北四个方位都设有入口塔门。景区以西塔门为主要的出入口，塔门造型比较简单，并没有见到四面佛像。我先行进入游客中心，稍加研究寺

圣剑寺塔门

护城河桥上的蛇形栏杆，大多数塑像的头部已遗失

庙的平面图和复原工程解说，接着按图索骥，展开对圣剑寺的探访。

圣剑寺的东塔门到西塔门之间有一条中轴长廊贯穿整座寺庙，东西廊道则和南北廊道交错，构成十字形，中央的交会处为主塔庙，主塔庙外又有两重回廊和围墙，四通八达且机关重重，犹如迷宫，一不小心便很容易迷失方向。

按照导游建议，我的参观路线是进入西塔门后，沿着中轴的长廊道朝东塔门走去，再折返由东到西参观。从塔门进入后不久，是一片石板平台，平台上的大门前有一对巨型雕像，它们的首级都已不见踪影，无法辨别是何方神圣，但从外形判断，八九不离十是守护门神达拉帕拉（Dvarapala）。最引人入胜的是跳舞大厅门楣浮雕，一行 13 尊翩翩起舞的阿帕莎拉仙女，体态曼妙唯美。仙女上方却留下几个凿开的坑洞，估计原本曾有精雕细琢的佛像，可惜因为阇耶跋摩七世之后的国王信奉印度教，出现一连串的毁佛行动，导致佛像遭到铲除。

寺庙墙壁多已崩塌，拱形的石板顶也残缺不全，一堆堆石块石板散落在地上。我顺着导游的指示，在左右两边的石壁上，各发现一个女神的浮雕，据说这是纪念阇耶跋摩七世两位心爱的妻子，她们是一对姊妹花。

东塔门侧有个两层楼建筑，风格明显与一般吴哥遗迹的设计不同，盛传阇耶跋摩七世打了胜仗后，把象征王权的“圣剑”保存于此楼内，然而今天已是“剑”去楼空。这座藏剑楼的柱子有圆亦有方，一楼用的是圆柱，二楼则

跳舞大厅门楣浮雕，上方的佛像已被毁掉

是方柱。原本楼顶为木造结构，早已腐朽，消失于时间的长河之中，仅留下楼顶两端的山形墙，墙上均刻有优美浮雕。这种建筑形式，在吴哥可是独一无二的。

寺庙内最让人震撼的一幕，是东塔门一堵倾颓的围墙。一棵木棉树与墙壁紧密纠缠，庞然树根犹如一个巨人叉开双腿骑在围墙上。附近的建筑处境更糟，已完全遭到木棉树吞噬，门窗外框被压得东倒西歪。

圣剑寺一隅

木棉树的树根犹如一个巨人叉开双腿骑在围墙上

巨树压断了石块，自然的力量不可小觑

尽管昔日的辉煌早已淹没于历史的洪流，塔门前的两尊石狮却始终如一，沉默地坚守着岗位，令我油然而生孤独苍凉的感觉。

我继续钻进纵横交错的廊道里面，透过层层门框望过去，远处仅有一道亮光，看不到廊道的尽头。间或遇到信徒们在残缺的林伽和湿婆神像前念念有词，祈祷膜拜。林伽源自生殖崇拜，在印度教中是湿婆神的象征。中央主塔庙四面墙壁有数不尽的小洞，据导游介绍，这些小洞也曾装饰镶嵌了宝石和黄金。当然，如今这些珍宝早已被劫掠而去，无影无踪了。

“迷宫”之行终于结束，我离开残砖破壁青苔蔓生、浮雕塑像结满蜘蛛网的圣剑寺，无论它曾经有多么宏伟，终究还是敌不过“滚滚长江东逝水，浪花淘尽英雄……古今多少事，都付笑谈中”的境遇。

原本供奉国王父亲的雕像，如今被佛塔取代

从“圣池”龙蟠寺到洞里萨湖的水上人家

停留吴哥的最后半天时间，我还有两处地方要去。其中之一就是“圣池”中的龙蟠寺。

龙蟠寺距离圣剑寺不过几千米，然而其必须穿越丛林中的乡间泥土小路，因此尽管路程不远，但在酷热的热带丛林中行走，导游担心我吃不消，于是建议我转乘嘟嘟车前往。车程不过 20 多分钟，就到达竖有路标的“圣池”入口，我在此弃车徒步，沿着一条建在长堤上的木栈道往前走，步行约 20 分钟，便见到远处的龙蟠寺了。

说起这条长堤，在摄影爱好者眼中，是绝佳的拍摄地点。我环目四顾，发现长堤两侧是洼地沼泽，由于此时旱季刚来临，沼泽仍未干涸，依然留有清澈见底的池水，水深大约及膝。不少枯木浮萍漂浮在水上，还有几头水牛悠游其中，水面倒映着蓝天与白云，恬静而苍茫的沼泽如遗世独立，意境深远，令人着迷。

木栈道的尽头就是龙蟠寺的所在地，其始建于 12 世纪末，同是阇耶跋摩七世的作品。这座佛教寺庙规模很小，却相当与众不同。寺庙由五座水池组成，在中央水池的东、西、南、北四面各有一座小水池，主庙建在中央水池内的

龙蟠寺入口前的长堤两侧是洼地沼泽

“圣池”中的龙蟠寺主庙

一个圆岛上，形似一座庙塔，共有7层，下方有两条蛇围绕。龙蟠寺的高棉语意思是“盘踞的两条大蛇”，古时蛇又被认作是“龙”，所以才有“蟠龙”之称，因为音译的关系，又有“涅槃寺”的别称。

庙的一侧有尊由砂岩雕成的飞马，然而经过无数的战乱，飞马已遭破坏，眼前的塑像是近年拼凑修复的。传说佛祖曾经化身飞马拯救一群遭遇海难的人，飞马的造型就根据此神话而塑造。

周达观笔下关于龙蟠寺的描述：“北池在城北五里，中有金方塔一座，石屋数十间，金狮子、金佛、铜象、铜牛、铜马之属皆有之。”金方塔就是中央的主庙，说明过去这座寺庙也曾有过金碧辉煌的外观。七层庙塔每面皆有浮雕，内容为佛祖悉达多落发剃度、释迦牟尼在树下冥思、佛祖骑马出家等宗教故事。目前水池周围架起铁围栏，因而只能远距离观赏。若没有导游的指点，恐怕很难逐一识别其中奥妙。庙塔中间有一个洞口，里面仍然供奉着佛祖，但已非周达观所述的金佛像了。

据考古学家研究，这里算是高棉王国的医院。中央水池象征神话中能够治愈疾病的圣湖——阿那婆达多（Anavatapta），来这间寺庙医院的病人，会得到佛祖的庇护和祝福。水池中种植着具有医疗效用的药草和水藻，药水借由出水口从中央水池流入东、西、南、北4个小水池，小水池各有不同疗效，医生根据病人不同的病况，让他们喝下由不同出水口流下的药水，或让病人进行水疗泡浴。4个出水口还雕成不同的形象，包括象、马、狮、人头，分别象征水、风、火、地四象。至于水池周围旧时石屋的遗迹，听说是提供病人疗养，以及皇室进行宗教仪式的神圣场所。

为了赶在夕阳西下前游洞里萨湖，我迅速告别“龙蟠医院”，赶赴洞里萨湖码头，登上游艇，探访水上人家。

洞里萨湖长达500千米、宽110千米，又称金边湖，在高棉语中，是“大湖”的意思，而它正是东南亚最大的淡水湖。湖泊的位置在柬埔寨中西部，与湄公河相连接，是世世代代孕育着高棉人，与这个国家息息相关的生命之湖。

早在来到暹粒的第一天，我已搭乘过直升机，不仅盘旋于天际间，还趁机绕湖一周，俯瞰湖上风光，当时只见湖岸的房屋数量众多，密密麻麻。此刻我搭乘船只，以更贴近的方式来认识这座湖泊。

近距离一看，我发现这里的房屋大部分为搭建在湖岸的高跷（高脚）棚屋，使用的建材非常多元，包括废弃的铁皮、纸板、帆布等，或用棕榈叶铺盖在屋顶上，有些房屋甚至连门都没有，屋况相当简陋。这些居住在水上高跷屋的民众家境清贫，大多靠捕鱼为生。洞里萨湖渔产丰富，成为他们生活的重要来源和依靠。

当我的游船继续向湖中驶去，又看到另一种漂浮人家。居民住的是简陋破烂的船屋或浮楼，聚集在一起组成了水上浮村，狭长的柳叶舟或木桶就是村民主要往来的交通工具。不单村民们吃喝拉撒都在水上，孩童们嬉戏的场地也受到了局限。导游介绍，居住在浮村的水上人家并非柬埔寨人，而是越柬战争结束后留下来的越南人。这些人由于留在柬埔寨，早已被越南政府遗弃，最不幸的是，他们也未被柬埔寨政府接受，不准上岸居住，成为一群无身份无国籍的“黑户”，他们栖身在湖上，有家归不得，看不到希望，只能随波逐流度过余生，实在是相当无奈。

目前柬埔寨仍属于世界上最不发达的国家（亦称为最低度开发国家、未开发国家）之一，而漂浮在洞里萨湖的水上人家又受到国家的遗弃，成为贫穷之最。

洞里萨湖岸边高跷（高脚）棚屋

如今游湖拜访水上浮村已成为旅客们游暹粒的另一处景点，船只载着一批批旅客穿梭在船屋与船屋间的水道。我坐在船上，迎面飘来一股股不好闻的气味，转头一看，岸边堆着垃圾废弃物，环境卫生非常糟糕。一想到这个旅游的热门景点，竟是参观村民贫苦的生活，心里就感到一阵难受。

衷心期盼柬埔寨、越南两国政府能够共同伸出援手，解决这道难题，让浮村的村民们早日结束这种颠沛流离、

水上浮村

水上的商业活动

水上人家以渔业为生，居民正在整理渔网

无根无国的漂浮日子。但愿不久的将来，这些水上人家中漾着天真无邪笑容的孩童也能生活在阳光下，立足于平坦坚稳的土地上。

一个多小时的游湖，让我见到充满凄凉无奈的人生百态，心情万分沉重。

第二天清晨，前往机场前，我专程来到暹粒市区最大的市场，市场内售卖着各种生活必需品，以及肉类、蔬果等食物，甚至还有黄金饰品的专卖店。来往采购的居民模样悠闲，相较前一日在水上浮村所见到的贫民，有着天壤之别，更叫人不禁慨叹命运大不同。

暹粒市区最大市场内的肉店

杂货店

黄金饰品专卖店

金边——柬埔寨的人间烟火

结束吴哥古迹的访游行程后，我回过头来拜访金边（Phnom Penh）这座充满异国风情的首都城市。Phnom Penh 中的 Phnom 是山的意思，传说从前有位叫 Penh 的老妇人，在河边偶然发现了几尊佛像，于是她将佛像迁移到山上，并供奉起来。此区逐渐发展起来，成为金边的前身，因此 Phnom Penh 的意思即为“Penh 老妇人的山”。

我与金边的初次见面，是在即将降落的飞机上。从高空俯瞰，大片的绿地，交错的河道，好一派清新的田园风光！

金边坐落在湄公河（Mekong River）与洞里萨河交汇处的三角洲地带，是柬埔寨的首都，也是柬埔寨最大的城市。自 15 世纪中叶，吴哥王朝的首都吴哥被暹罗攻陷，国王便将首都迁移至金边，再加上这里位于三河交界处，海上的贸易使得城市愈加繁荣。

若说在暹粒感受到的是漫天神佛，那金边展现出来的就是柬埔寨的人间烟火。然而，吴哥窟与“千年微笑”名声太过响亮，使金边黯然失色。多数来到柬埔寨的旅客主要目的地为吴哥，只将金边当作中转站，顶多顺便停留半天在城内购物观光便罢。虽然金边招徕游客的能力不及吴

塔山寺是传说中一个叫 Penh 的老妇人将佛像移到山上供奉的地方

哥，但这里还是有几个引人注目的地方不容错过。

我首先参观的是金边王宫（Royal Palace），建筑始建造于1866年。金边的东方在湄公河、洞里萨河与巴沙河交汇之处，被称为“四臂湾”，王宫的位置正好面对四臂湾，所以又称为“四臂湾大王宫”。

王宫的正门称为胜利门，只有在欢迎重要国宾或重大的节日庆典来临时才会打开，一般旅客都是从侧门进出，我也不例外。根据规定，参观王宫不可露出胳膊或腿部，游客们若未穿着端庄的衣服，就需要在入口处租一条围巾披上，方可进入，以示对王宫的尊重。

整个王宫规模庞大，外有围墙，内部两个重要区块亦有围墙分隔。目前北面是王室居住和办公的地方，并未对外开放，唯有南边的区域供旅客参观。

我甫入王宫，先行经一片绿意盎然的御花园，悉心修剪过的大树正好为旅客们遮阴消暑。花园之后，迎面是宏伟气派的正殿——加冕宫，此乃国王举行即位仪式、接见外国使节的场所，相当于北京故宫的金銮大殿。高棉建筑风格的宫殿墙体为白色，鎏金尖顶，屋顶中央最高的尖塔饰有白色的四面佛头，屋脊两端翘高的屋檐仿佛冉冉升起的火焰。白色柱子与屋檐相接处，各有一个飞天仙女托着

金边王宫的正殿——加冕宫

屋顶，造型别致优美。这日正好天气晴朗、阳光耀眼，墙身更加雪白，屋顶更显得华丽而气势逼人。

正殿前的台阶两侧是七头蛇神娜迦，殿内禁止参观及拍照，我只能在门口窥看，宫内高耸宽敞，大殿中央位置设有纯金打造的国王加冕宝座，据说每任柬埔寨国王一生只能坐一次，也就是在加冕之日。不过诺罗敦国王是个例外，他两度登上宝座，这是由于 20 世纪 70 年代他曾被亲信朗诺将军推翻，流亡海外几十年，1993 年才又重新登基。加冕宝座后方是国王日常接见外国使节的宝座，只是我参观的这一天旅客众多，让我无法多加逗留观看细节，只能匆匆掠过。

另有一座法式建筑，是法国拿破仑三世赠送给诺罗敦

王室用品

王宫内有吴哥窟的模型

国王的礼物，置身在柬式的建筑群中，特别显眼。

南面的银殿（Silver Pagoda，又称银塔）有更多看点，它建造于1892—1902年，1962年又重建。据导游介绍，这个高棉风格，外形如寺庙般的建筑乃是王室家庙。特点是用5000片银瓦覆顶，每片银瓦重1千克。银殿的地板也全部以纯银砖一块块铺成，共有5329块，总重量有5吨之多。地板大部分铺上了地毯，仅露出4个角落。我踏上去，感到一股阴凉从脚底板升上来，直透全身。

殿中有座佛像十分引人注目，佛像总重90千克，以18K金打造，身上还镶嵌着9584颗钻石，其中最大的一颗重达25克拉。据说这尊佛像的脸是用柬埔寨国王西索

金边王宫南面的银殿

瓦（Sisowath）的面容作蓝本塑造的，特别让柬埔寨人尊崇。此外，还有一尊用整块翡翠雕成的玉佛像，玉质翠绿通透，世上罕有，价值连城。除这些标志性的佛像之外，寺内还有数不胜数的佛像和文物，供旅客参观。

银殿外的回廊也不简单，有由近40位艺术家共同绘制的壁画，内容描述的是经典印度史诗《罗摩衍那》的故事，场景人物栩栩如生。可惜的是，有部分壁画遭到了破坏，已然无法修复。

银殿前方有座纪念亭，亭内是诺罗敦国王策马的立像。银殿外围还有好几座骨灰塔，存放的是过去王室成员的骨灰。其中比较簇新的一座骨灰塔，便属于领导柬埔寨独立的诺罗敦国王。

金边王宫迄今依然是王室居住的场所，鲜黄色的围墙内金碧辉煌，墙外的建筑多为政府行政部门，中间广场则是普通百姓和游客的休闲场所，无论是叫卖的小贩、玩耍嬉戏的孩童，抑或拍翅觅食的鸽群、拍照的游人，都显得岁月静好、一派祥和。

银殿前方纪念亭内有诺罗敦国王策马的立像

柬埔寨的象征

独立，对任何一个国家和人民来说都有着重大而无可取代的意义。

近160年来，柬埔寨的历史写满了战争、内战或革命，也让号称“亚洲之珠”的首都城市金边一再蒙尘。1863年，它沦为法国殖民地，其后在1942年又被日本占领。1945年日本投降后，法国殖民者卷土重来。柬埔寨人为了争取独立和解放，长期不懈地努力抗争，从未放弃。而后在诺罗敦·西哈努克亲王的领导下，柬埔寨在1953年11月9日终于迎来完全的独立，脱离了法国殖民统治。

为纪念这一历史性时刻，金边市内在1958年竖立起一座高大雄伟的独立纪念碑。每逢国家的独立纪念日，碑前广场就会举行隆重的庆典，纪念这个饱经苦难磨炼的国家所获得的来之不易的独立。每逢节日，亦有不少民众到碑前献上花环，缅怀为解放事业而牺牲的烈士。

纪念碑坐落在诺罗敦大道（Norodom Boulevard）和西哈努克大道（Sihanouk Boulevard）的交会处，其出自柬埔寨著名设计师之手。碑底座宽36米，高37米，七层莲花形状的塔楼，上面雕有百条七头蛇神娜迦。七头蛇神被视为柬埔寨国家起源的神圣象征，也是王国的保护神。远眺纪念碑，总觉得外形十分熟悉，后来才知道它的确是以吴哥窟的中央塔和其他吴哥建筑为蓝本而建的。纪念碑旁一面巨大的柬埔寨国旗迎风飘扬，高棉人民百折不挠的精神表露无遗。我分别在白天和晚上到过广场，景色迥然不同，晚上灯光璀璨，让纪念碑展现了另一种不同的美丽。

在广场附近的沃波顿纪念公园（Wat Botum）翠绿的草地上立有一座柬越友谊纪念碑（Cambodia-Vietnam Friendship Monument），是越南式的建筑风格，竖立于20世纪70年代晚期，纪念碑上刻有柬埔寨和越南两国国旗，以及两国军人肩并肩，持枪保卫妇孺的雕

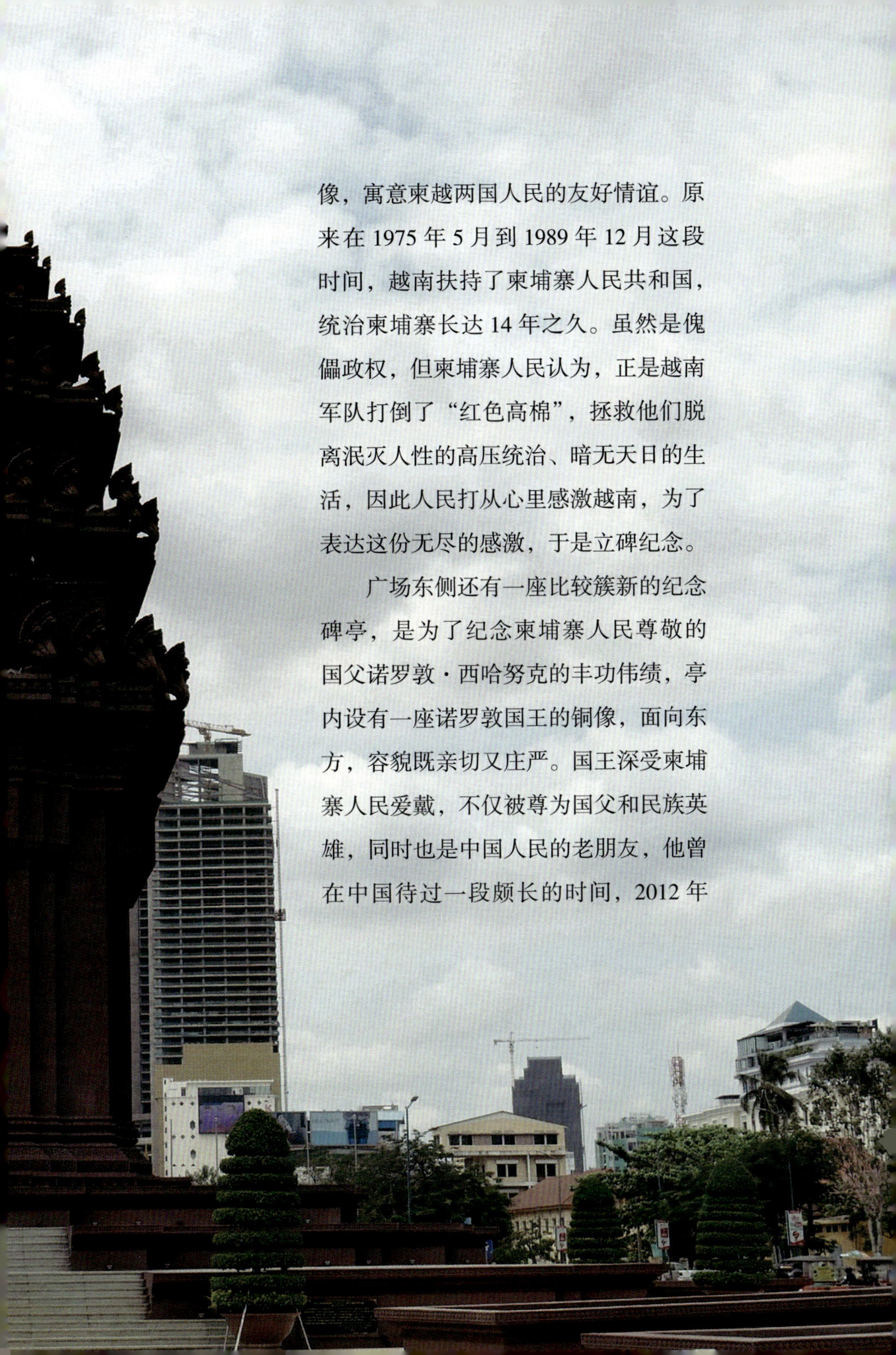

像，寓意柬越两国人民的友好情谊。原来在1975年5月到1989年12月这段时间，越南扶持了柬埔寨人民共和国，统治柬埔寨长达14年之久。虽然是傀儡政权，但柬埔寨人民认为，正是越南军队打倒了“红色高棉”，拯救他们脱离泯灭人性的高压统治、暗无天日的生活，因此人民打从心里感激越南，为了表达这份无尽的感激，于是立碑纪念。

广场东侧还有一座比较簇新的纪念碑亭，是为了纪念柬埔寨人民尊敬的国父诺罗敦·西哈努克的丰功伟绩，亭内设有一座诺罗敦国王的铜像，面向东方，容貌既亲切又庄严。国王深受柬埔寨人民爱戴，不仅被尊为国父和民族英雄，同时也是中国人民的老朋友，他曾在中国待过一段颇长的时间，2012年

柬埔寨国父（诺罗敦·西哈努克）纪念碑亭

于北京病逝。

每当华灯初上，公园区就成为市民与游客乘凉漫步的好去处。广场周围建起一幢幢漂亮的别墅，还有热闹非凡的夜市，一扫国家苦难的阴霾，感受到蓬勃的生命力。

当我与同事二度到访金边时，选择搭乘渡轮观赏斜阳落日的景色。渡轮的航线是来回绕行洞里萨河，这条河流与金边市民的生活息息相关，是市民的饮用水来源之一，且拥有丰富的渔产，到处可见民众撒网捕鱼。不过，河水的颜色让我有点在意，经打听，才知道这条河的河床是红砂地质，因此河水才会出现铁锈的颜色，并非污染所致。不过近年来柬埔寨经济开始发展，许多加工厂逐一建盖起来，河岸两边也建起高楼大厦，河水开始出现污染现象，卫生状况让人担忧。不过政府已然注意到此状况，对于水质加强监管与改善，让洞里萨河能够一如既往，持续孕育一代又一代的高棉人。

洞里萨河岸一隅，柬埔寨的狮子造型较为修长，臀部圆翘

阳光、沙滩和螃蟹

告别了柬埔寨的象征——独立纪念碑，以及洞里萨河，我们来到柬埔寨国家博物馆（National Museum of Cambodia）。博物馆由4个院落组成，藏品非常丰富珍贵，其中不少从吴哥出土的珍品都被转移到此处维护和展示，还有千年来高棉最精美的石雕像、陶、铜器等文物，包括一尊6世纪的八臂毗湿奴神像，据说是镇馆之宝。

可惜的是馆内缺少空调，空气如蒸笼一般，我和同事们待了不到10分钟，已经大汗淋漓，根本无法细心欣赏，

八臂毗湿奴神像（中）

柬埔寨国家博物馆

博物馆内的珍贵雕塑

于是我们便决定驱车前往柬埔寨著名的休闲度假胜地——白马市。

白马市是柬埔寨的直辖市之一，毗邻越南，面临泰国湾，是著名的海滨旅游避暑胜地之一。它离金边不过100

千米，却因为沿途的公路坑坑洼洼，还有频繁的修路工程，我们在车上困了 3 个多小时，才终于到达。

事实上，白马市面积只有 120 平方千米，人口也不过万人，与其说是一座城市，反而更像个乡村小镇。就在进入白马市的路口，一座高大威武的白马塑像竖立眼前，导游告诉我们这就是白马市的象征。

其实在高棉语中，白马市的名称是格隆盖普（Krong Kep），“格隆”代表“城市”，“盖普”则是“马鞍”的意思，至于“白马”是中国人给予的称谓。

在法属殖民时期，白马市是法国人休闲度假、享受阳光与海滩的地方，也曾经是金边达官显贵们建盖高级住宅的区域。如今海滨一带，仍排列着许多建于20世纪的别墅，

白马市的代表性建筑物——白马塑像

螃蟹市场内的摊贩

然而在缺乏维修之下，或是外观破败，或是被胡乱画上涂鸦，早已失去昔日的华贵气派。据说近年来政府已决心改善市容，并翻修部分的别墅，计划将其依照度假村的模式发展，以吸引更多外国旅客到此旅游度假。

其实我觉得白马市最有代表性的并非白马塑像，而是这里盛产的蓝脚螃蟹。沿着海滨路一带，是喧哗热闹的螃蟹市场。市场除了螃蟹之外，还有其他海产海鲜。因为此处邻近海边，螃蟹多到可以直接在浅滩捡拾。为了招揽旅客光顾，摊档店主就地取材，当场为旅客料理海鲜，食物既新鲜又价廉物美。近海处架设了一座蓝脚螃蟹的巨大塑像，上面写着“Welcome to Kep”，我个人认为这才应该算是白马市的标志。

白马市面对波光粼粼的泰国湾，拥有美丽天然的白色沙滩，然而沙子的颗粒较粗，且掺杂具有尖锐棱角的砂石，对弄潮的人构成一定的威胁，并非理想的沙质，所以泳客的人数还不如在岸边捕捞螃蟹的当地居民多。

沿着海堤种植了不少绿树，适合遮阴纳凉。海边立有一座裸女雕像，遥望着大海，仿佛深情地期待亲人的归来。除此以外，似乎就再没有什么特别之处了，按目前的环境，与欧、亚旅客的期望仍有很大距离，要想打造成人们理想中的旅游天堂，柬埔寨政府还得更为费心、下功夫不可。

这一天刚好是柬埔寨一年一度的重要送神日，在当地是佛教的大日子，庆典的特色是由佛教高僧带领着车队，在军警的护送下，沿着市区的道路进行祈福仪式。我见到

位于泰国湾的蓝脚螃蟹塑像

泰国湾的白色沙滩

泰国湾的裸女雕像

一位僧侣站在带头的车上，不停向路上的善信招手，同时诵经祈福。导游说，他是位德高望重的高僧，今天在此遇上，不仅是佛缘，也十分有福。那些站在路边的善信，都是专程前来的。

最后，我抽出点空闲时间，漫步海滨大道，欣赏碧海苍穹。我的柬埔寨之旅，也就在沁凉海风的徐徐吹拂下，画上了句号。

我在这个人民脸上总是挂着美好笑容的国家，看到了完全两极的历史痕迹。无论是吴哥“千年的微笑”、辉煌灿烂的文明，抑或 S-21 保安监狱的暗夜饮泣，都在我心里烙下深刻的印象。时代持续前进，每个人都得往前看。现在的柬埔寨正值百废待兴的时刻，人们无须忘却伤痕累累的苦痛过往，铭记与忏悔，反思与总结，才是生存的积极意义。我衷心祝愿，柬埔寨人民能够摆脱过去的阴影，勇敢前行，重拾曾有过的璀璨荣光。

柬埔寨一年一度的送神日，其庆典特色是由佛教高僧带领着车队

后记

继《晨曦下的“亚洲隐士”：老玩童漫游缅甸》之后，这是我第二本关于中南半岛的游记。此次非常荣幸能邀得五位好友在百忙之中为本书写推荐序，我铭感五位：

· 宝成国际集团副总经理羊晓东

· 香港雄业国际实业有限公司董事长温小燕

· 亚太台商联合总会总会长潘汉唐

· 亨达集团首席执行官刘凯杰

· 瑞德传媒有限公司董事总经理陆茵

2019 年 2 月，我初访柬埔寨，立即被当地丰富的人文历史景观深深吸引，旅程结束时感到意犹未尽，立刻商请相熟的旅行社协助安排再度前往的行程。未料到为了庆祝中华人民共和国成立 70 周年在全球多个国家与城市举办的“锦绣河山”摄影展竟与再访柬埔寨的计划撞期，导致迟迟无法抽出时间，踏上新的旅程。

2020 年，原以为终于能够再度前往这个文明古国，孰料一场突如其来的新冠肺炎疫情在全球肆虐，使得计划落空，直至今日，竟未能再度成行。

也因此，在完稿的此时，我在柬埔寨的旅程留下了 3 个遗珠之憾，还未能亲临访胜。其一便是在柬埔寨北部与泰国接壤之处，有个柏威夏寺（Temple of Preah Vihear），位于海拔525米的山上，视野辽阔，然而柬、泰两国对这座古庙群的归属一直有所争议，甚至爆发过多次导致伤亡的武装冲突。后经国际法庭裁定，柏威夏寺主权属于柬埔寨，但神庙的主要通道却划归泰国，这又使得矛盾冲突升温。随后两国达成协议，终于使民众皆可顺利到此参拜。然而在2008年，柬埔寨成功将柏威夏寺申报为世界文化遗产，又引发另一波的争端。直至今日，柏威夏寺虽不能完全免除安全方面的疑虑，但特殊的位置与历史背景，却依旧吸引着我，希望有朝一日能够前往一游。

另外两个遗珠之憾，皆位于柬埔寨的西南方。西哈努克港（Sihanouk Ville），简称西港，是该国最大的海港，也是著名的旅游城市，以优美的海景与沙滩著称。在法国殖民时期，曾经是法国人专属的度假胜地。

另一处则是高龙岛（Koh Rong Island），位于西港的外海25千米处，是柬埔寨第二大岛，拥有“亚洲夏威夷”的美誉，旅客来此可以享受纯净天然的海岛风光、悠闲放松的度假氛围。由于岛屿的大部分区域开发程度较低，尚未染上浓厚的商业气息，是现代社会中难能可贵的淳朴原始岛屿。

尽管拜访柬埔寨的旅程仍带有一些遗憾，尚未补全，但也给了我下次定要再来的理由。目前柬埔寨仍属亚洲最贫穷的国家之一，基础建设落后，百废待兴。中国一直以来给予相当多的发展协助，而今作为“一带一路”倡议建设合作对象，自然有更多共同开发的项目和机会。期许柬埔寨能够持续发展壮大本国经济，早日脱离贫困，人民的生活水平逐步提高。相信自己下次前往时，能够见到令人刮目相看的新面貌，届时也将再和大家分享见闻。

同时，也衷心期盼这场席卷全球的疫情早日解除，虽然造成的痛苦不是短时间可以复原的，甚至可能永远都恢复不了。

愿逝者安息，愿生者坚强。

邓予立

2020 年 10 月